셰익스피어 전집 010

로미오와 줄리엣

셰익스피어 전집 010

로미오와 줄리엣

윌리엄 셰익스피어(William Shakespeare)

박우수 옮김

Romeo and Juliet

HU:iNE

옮긴이의 말

윌리엄 셰익스피어의 초기 비극 『로미오와 줄리엣』은 1594-98년 사이에 집필된 것으로 시기적으로 『소네트』, 『한여름 밤의 꿈』 등과 겹친다. 『한여름 밤의 꿈』에서 테세우스와 히폴리타의 결혼을 축하하기 위해서 아테네의 장인들인 보텀 일파가 펼쳐 보이는 웃음거리 연극 『피라미스와 씨스비』는 그 내용이 로미오와 줄리엣의 비극적인 사랑과 유사하다. 셰익스피어는 젊은이들의 비극적인 사랑을 한편에서는 비극의 형식으로, 다른 한편에서는 웃음거리 희극의 형식으로 표현함으로써 같은 내용이라도 받아들이는 사람의 마음가짐에 따라서 전혀 다른 의미를 지니게 되는 해석의 다양성을 실험하고 있다. 정서적인 거리에 따라서 동일한 현상이 비극이나 희극으로 색깔을 달리해서 나타나는 것이다. 셰익스피어가 이미 알려진 이야기들을 새롭게 작품화할 수 있었던 주된 이유가 바로 이 해석의 차원에 있었음을 짐작하게 해주는 대목이다.

『로미오와 줄리엣』은 1562년에 출판된 아더 부룩(Arthur Brooke)의 설

화시 『로미우스와 줄리엣의 비극적인 이야기』(*The Tragical History of Romeus and Juliet*)를 저본으로 하고 있다. 성급한 성격의 젊은이들의 사랑을 다루고 있는 이 비극은 성숙한 성년들의 육체적인 사랑을 복잡하게 다루고 있는 『안토니와 클레오파트라』와 매우 좋은 대조를 보인다. 후자가 광활한 공간과 시간을 배경으로 하는 반면 『로미오와 줄리엣』은 시간적으로 매우 제한적이고 공간 역시 폐쇄적이다. 7월 하순 무더운 여름날을 배경으로 하는 이 작품은 극적 전개에 있어서 젊은이들의 성격을 반영하듯 매우 속도감이 있다. 극은 월요일 아침에 시작되어 수요일 새벽에 끝이 난다. 온전히 4일이 되지 않는 시간동안 급속하게 전개되는 사건들이 작중 인물들을 끌고 간다. 이런 이유로 이 작품은 본격적인 셰익스피어의 성격비극의 범주에 포함되지 않고 상황비극, 혹은 성격보다 사건이 중시되는 희극의 요소가 다분한 점 역시 부인할 수 없다.

인물들을 압도하는 우연적인 일련의 사건들 가운데서 우리는 이 작품이 지닌 역사적 의미를 발견하게 된다. 유럽의 르네상스시기에 제기된 문제 중의 하나가 개인의 고귀함이나 미덕이 가문의 재산이나 혈통에 있느냐, 아니면 개인이 성취한 행동에 있느냐 하는 논쟁인데, 이는 달리 표현하면 전통과 근대성의 투쟁이다. 르네상스는 근대적 인간의 출현, 즉 자율적인 개성의 발현을 강조하는 시대적 흐름을 반영하고 있는데, 이를 바탕으로 문학적으로는 신분에 따라서 말의 예법을 중시하던 데코럼을 따르는 관습이 스타일 분리원칙의 파괴로 구체화된다. 『로미오와 줄리엣』에서 셰익스피어는 하인들은 산문으로 말하고 신분이 높은 사람들은 운문으로 말하는 스타일 분리의 원칙을 충실하게 지키고 있지만 다분히 이기적인 개인주의에 바탕을 둔 르네상스적 인간의 출현이라는 문제를 결혼제도로 바꿔서 제기한다. 셰익스피어 당시 영국에서 부모의 동의를 필요로 하지 않는 법적인 결혼나이는 여자는 12세, 남자는 14세였다. 작품에서 줄리엣은 아직 14살이 되지 않았지만 부모의 동의 없이 결혼이 가능한 나이이다. 카풀렛 부인의 말이 사실이라면 그녀는 이미 줄리엣의 나이에 결혼해서 딸을 낳았다. 줄리엣과 로미오의 사랑이 비극으로 나가는 근본 원인은 두 집안의 해묵은 갈등관계로 표현되는 과거, 전통의 힘과 자유로운 개인의 욕망, 의지 사이의 해소될 수 없는 대립 때문이다. 로미오와 줄리엣의 비극은 인습을 부정하는 개인의 자유의지와 이를 여전히 포섭하고 봉쇄하고 있는 전통의 힘 사이에서 개인의 의지가 패배하는 데 있다. 이런 점에서 로미오와 줄리엣은 고대의 프로메테우스 이래 비극의 주인공들이 보여주는 영웅적인 의지의 일부를 보여주지만 셰익스피어의 본격 비극의 주인공들이 보여주는 영웅적인 크기에는 미치지 못한다. 『로미오와 줄리엣』을 현대적으로 해석한 『웨스트사이드 스토리』는 자연주의적 관점에서 환경에 희생당하는 개인의 파멸을 그리고 있는 점에서 셰익스피어의 계승자라 할 만하다.

이 책의 번역은 르네 바이스(Rene Weis)가 편집한 아든판 셰익스피어를 저본으로 사용했다. 이와 동시에 캠브리지 판본 등 다양한 판본의 주석을 참고해서 가능한 한 우리말로 뜻이 통하도록 하려고 노력했다. 때로는 축자적인 의미를 고의로 무시하고 셰익스피어의 영어에 상응하는 우리말 표현을 대응시키려고 했다. 특히 관용구적인 표현이나 격언 등의 경우는 가능한 우리식 표현으로 대체하고자 했다. 번역하는 동안 역자가 계속 의식한 것은 스보우찌의 일본어 셰익스피어 번역을 두고 나쓰메 소세끼가 "이게 도대체 일본말인가?"하고 탄식했던 번역투에 대한 질타였다. 여전히 한계가 있겠지만 바로 무대에 투입될 수 있는 대사가 되도록 시도한 점이 기본의 많은 번역과 차이를 보여줬으면 하는 것이 역자의 바람이다.

작품해설

사랑과 죽음의 이중성: 『로미오와 줄리엣』과 모순어법

사랑은 자신을 벗어나는 행위이다. 자신을 벗어난다는 것은 정신이 육체에서 일탈한다는 의미일수도 있고, 반대로 정신이 완전히 육체 속으로 몰입해서 육체화 한다는 의미이기도하다. 어떤 경우이든 격정적이고 광기에 찬 사랑은 일종의 탈존(ex-stasis)으로 나아가기 때문에 자아망각의 결정체인 죽음과 쉽게 동일시되어 왔다. 몰아의 상태를 의미하는 죽음은 또한 같은 의미에서 사랑의 정점이나 완성을 의미하기도 한다. 이처럼 사랑과 죽음은 서로 대척점에 있으면서도 역설적으로 한 쌍을 이루고 있다. 사랑은 기존의 질서나 현상으로부터 일종의 일탈을 의미하기 때문에 매우 봉기적이며 무질서로 나아갈 수 있는 위협적인 세력으로 발전할 수도 있다. 이 봉기적인 힘이 기존의 가치나 질서 속으로 함유되지 못할 때 사랑은 쉽게 죽음과 결합하는데, 이 죽음은 기존의 가치나 질서 앞에서의 패배를 의미하지만 동시에 또 다른 가능세계를 꿈꾸는 우리의 욕망을 자극하고 만족시켜주기 때문에 심미적 차원에서 승리를 의미한다.

그 반대의 경우는 결혼이라는 사회적 의식을 통해 사랑에 빠진 개인을 사회적 관계 속으로 발전시킨다. 죽음과 결합한 사랑이 철저하게 사회적으로 유리된 개인에 집중한다면, 결혼으로 이어지는 사랑은 개인을 사회와 관계시킴으로써 사회적 자장 안에서 변신을 겪는 개인의 모습을 강조한다. 비극이 유아론적이라면, 희극은 사회적이다. 서구문학에서 사랑과 죽음을 역설적인 한 쌍으로 묘사하는 관습은 희랍비극에서 현저하게 드러난다.

소포클레스(Sophocles)의 『안티고네』(*Antigone*)에서 안티고네는 테베의 왕 크레온(Creon)이 왕권을 되찾기 위해 테베를 침략하다 패배하여 죽은 동생 폴리네이케스(Polyneices)의 매장을 국법으로 금하자 이에 대항하여 죽기를 결심하고 동굴 속으로 들어가 버린다. 형제에 대한 사랑의 힘이 그녀를 곧장 죽음의 충동으로 이끈다. 안티고네가 동굴 속으로 자신을 유폐시키는 행위는 살아있는 죽음을 의미하며, 그녀의 이름이 암시하고 있듯이 생식, 나아가 생명에 대한 거부이지만, 사랑의 힘에 대한 부정은 아니다. 그녀의 뒤를 이어 약혼자인 크레온의 아들 하에몬(Haemon) 역시 그녀와 같이 죽겠다며 동굴 속으로 들어간다. 스스로 목을 매 죽은 안티고네의 시체와 자신의 심장을 칼로 찌른 하에몬은 동굴 속에서 죽음의 결혼을 한다. 천성과 관습(법), 자연과 국가, 정서와 로고스 등의 대립을 보여주는 이 작품에서 소포클레스는 안티고네와 하에몬의 죽음이 동굴 속에서 이루어지는 것으로 극화함으로써 동굴을 일종의 자궁과 같은 상징적인 공간으로 처리한다. 이 동굴은 하에몬의 자결 소식을 듣고 역시 자결하는 크레온의 부인 에우리디체(Eurydice)의 궁전 안의 내실과 마찬가지로 여성만의 공간으로 크레온으로 대표되는 남성적인 힘, 국가 권력, 로고스 등이 장악할 수 없는 정서적 공간이며, 바로 그런 근거에서 국가권력으로 상징되는 관습과 법에 대항하는 힘을 지닌다.

안티고네와 하에몬의 죽음은 정치적 힘에 의한 개인의 파멸을 의미하지만, 크레온의 때늦은 후회가 보여주듯이 사회변혁적인 힘을 지니고 있다. 안티고네와 하에몬의 죽음은 국가만을 제일 우선시하는 전체주의의 화신인 크레온으로 하여금 개인적 정서의 중요성을 인식하게 하는 태도의 변화를 가져온다는 점에서 개인적인 패배를 뛰어넘어 사회적 힘으로 작용하며, 그런 만큼 다른 세계의 가능성을 열어 보이는 정치적 힘을 지닌다. 안티고네와 하에몬의 사랑은 죽음이라는 상징적인 성적 결합을 통하여 완성된다. 불어 표현에서 성행위의 정점을 "작은 죽음"이라 부르는 것도 흥미롭다.

희랍비극 중에서 사랑과 죽음의 동질성을 더욱 암울하게 보여주는 작품이 에우리피데스(Euripides)의 『메데아』(*Medea*)이다. 일종의 복수비극인 이 작품에서 메데아는 희랍세계와는 동떨어진 이방 여인으로 인간의 통제를 넘어서 우주에 존재하는 원초적인 힘과 격정의 화신이다. 그녀의 광적인 사랑과 복수, 즉 죽음에 대한 충동은 비례한다. 그녀가 자신을 배

신한 남편 제이슨(Jason)이 결혼하려하는 고린도 왕 크레온의 딸 글라우케(Glauke)와 자신의 두 아들들을 차례로 살인하는 것은 자신을 향한 폭력과 다르지 않다. 마법을 알고 있는 메데아는 글라우케에게 결혼 선물로 새로 만든 비단 옷을 보내는데, 독이 묻은 새 옷을 입고 글라우케는 고통스럽게 죽는다. 결혼식이 끝나고 신부가 하객들 앞에 새롭게 얼굴을 보일 때 입는 신부복이 시체를 매장하기 전에 새로 갈아입히는 수의가 된 것이다. 메데아가 보여주는 죽음에 대한 충동으로 변한 사랑의 힘이 결혼전야에 죽음을 맞는 글라우케를 통하여 구체화된다.

메데아가 사랑과 죽음을 동일시하는 행동은 자신의 두 아들들을 살해하는 장면에서도 드러난다. 그녀는 죽은 아들들의 시체를 헤라 아크라이아(Hera Akraia)의 신전에다 매장하는데, 이 헤라 여신은 결혼의 여신이다. 메데아가 헤라 신전에다 자식들을 매장하는 것은 자식의 결혼을 주관해야 되는 어머니의 역할을 헤라 여신에게 위임하는 대속에서 비롯한 것이지만, 사랑과 죽음이 혼재되어 있는 메데아의 현란한 심사를 잘 반영한다. 더구나 에우리피데스는 일종의 살인기계인 메데아가 고린도 사람들로부터 어떠한 징벌도 받지 않고 아테네로 탈출하는데 성공해서 그곳의 왕인 아에게우스(Aegeus)와 바로 결혼할 것임을 강하게 암시하는 것으로 작품을 결말짓고 있는데, 이는 사랑의 파괴적인 측면을 아이러니하게 보여주기 위한 것이다. 사랑의 폭력성을 지닌 이방 여인 메데아를 아테네의 여인으로 맞아들인 다는 것은 아테네 사회의 이면에 자리하고 있는 비이성적이고 폭력적인 힘을 간접적으로 비판하는 것이다.

아테네와 스파르타 동맹군들 사이에 일어난 펠레포네스 전쟁이 발생한 기원전 431년경에 초연된 것으로 추정되는 이 작품에서 에우리피데스는 사랑과 죽음을 동일한 성질의 힘으로 제시함으로써 루스 렘(Ruth Rehm)이 지적하듯이 아테네 사회와 그 사회가 표방하는 가치의 한계들을 적나라하게 들춰내고 있다. 두 아들을 살해하는 메데아의 모습은 남성 전사의 모습으로 제시되고 있는데, 전쟁과 살인으로 몰고 가는 비이성적인 폭력은 사랑이라는 격정(thymos)과 다르지 않다. 메데아는 셰익스피어의 비극에 등장하는 맥베스 부인이나 리건(Regan), 고너릴(Goneril), 타모라(Tamora) 등과 유사한 인물이다.

셰익스피어는 『안티고네』와 매우 비슷한 결말을 통해 사랑과 죽음의 동질성을 『안토니와 클레오파트라』(*Anthony and Cleopatra*)에서 보여준다. 클레오파트라는 안토니의 죽음을 통해서 옥타비우스(Octavius)의 노예로서의 삶이 더 이상 의미가 없음을 깨닫고, 자신 안에 깃든 "불멸의 염원들"을 실현하기 위해 안토니를 따라 죽는다. 그녀는 죽음의 순간에 "남편이여, 내가 갑니다"(Husband, I come. 5.2.281)라고 외치는데, 이는 성적인 쾌감의 절정을 동시에 의미하는 것으로, 무의식적으로 그녀가 죽음을 육체적인 사랑의 완성으로 간주하고 있음을 보여준다. 이 작품이 전성기를 지난 성인들의 세계를 보여준다면, 『로미오와 줄리엣』(*Romeo and Juliet*, c. 1591-96)은 사랑과 죽음의 문제를 젊은이들의 세계를 중심으로 다루고 있다.

이 작품이 사랑과 죽음의 문제를 다루고 있다는 점에서는 비평가들 사이에 이견이 없지만, 과연 이 사랑과 죽음의 관계를 어떻게 보느냐에 따라 작품에 대한 평가가 달라진다. 메이슨(H. A. Mason)에 따르면 이 작품에서 사랑과 죽음 간에 본질적인 관계가 있었다면, 즉 사랑 가운데 암시되어 있는 것을 죽음이 열어 헤쳐 보여주었다면 보다 감동적인 작품이 되었을 것이라고 주장한다. 그의 주장은 이 작품에서 사랑과 죽음의 관계가 보다 유기적이지 못하고 이 둘의 관계가 우연의 힘에 지배됨으로써 삶에 대한 총제적인 비전을 작가가 주지 못했다는 지적으로 이어진다. 메이슨의 주장은 이 작품이 비극이 주는 주된 정서 중 연민의 감정은 불러일으키고 있지만, 두려움은 자아내지 못한다는, 따라서 본격적인 비극의 대열에 합류하지 못한다는 점을 통해서 반복되고 있다. 이 작품을 희극과 비극이 혼합된 장르상의 실험극, 혹은 실험적인 비극으로 보는 견해 역시 사랑과 죽음을 모순되는 두 현상으로 파악하기는 마찬가지다.

『로미오와 줄리엣』을 사랑의 어리석음을 보여주는 일종의 도덕극으로 보고 있는 딕키(Franklin Dickey)는 전반부 1, 2막을 로마와 이태리의 희극 전통을 이어받은 희극으로, 나머지를 비극으로 일종의 장르상의 실험극으로 간주한다. "증오와 운명적인 사랑이라는 비극의 주제가 전반부 2막에 걸쳐 나타나고는 있지만 세심하게 그 목소리가 침묵하도록 잠재워진 결과 첫 2막은 전통적인 희극적 기법과 인물들을 동원한 순수한 희극이다. 그것도 흔히 요란 벅적한 희극이다." 딕키가 형식상의 특징에 주목하여 이 작품의 이중 구성을 분석하는 것은 그가 사랑과 죽음을 동일한 현상으로 보지 않고 상호 모순적인 것으로 보고 있기 때문이다. 그는 로렌스 신부를 진정한 코러스로 보고 있으며, 전반부가 사랑의 광기를 희극적으로 그리고 있는 반면에 후반부는 사랑의 광기, 즉 통제할 수 없는 격정이 가져오는 재앙을 그리고 있다고 주장하며 로렌스 신부를 일종의 도덕적 시금석으로 제시한다. 그러나 로렌스 신부는 젊은이들의 사랑에 관한 이해가 깊지 못하기 때문에 매우 제한적인 시각만을 보여주는 문제적인 인물이며, 로미오의 표현을 빌리자면 "상처를 느끼지 못하는 딱지"(2.2.1)만을 볼 뿐이다. 결국 딕키는 웃음과 죽음을 야기하는 사랑의 양면성에는 주목하며, 이 작품을 연민과 '공포'(terror)를 야기하는 진정한 비극으로 파악하기는 하지만, 사랑과 죽음을 전혀 별개의 것으로 보고 있다. 그렇지만 딕키가 이 작품의 비극적 효과를 두려움이 아니라 '공포'라고 주장하는 것은 설득력이 없다. 이에 반해서 로버트 에반스(Robert Evans), 조셉 창(Joseph Chang), 마후드(M. M. Mahood)같은 비평가들은 사랑과 죽음의 모순적인 관계가 아니라 역설적인 관계에 주목함으로써 이 작품을 본격적인 비극의 반열에 올려놓을 뿐만 아니라 형식상의 통일성을 강조한다. 여기서 볼 수 있는 것처럼 이 작품에서 죽음과 사랑의 관계를 어떻게 해석하느냐에 따라 작품에 대한 평가가 달라진다.

『로미오와 줄리엣』에서 이 같은 사랑의 복잡한 이중성을 드러내기 위해 사용된 가장 두드러진 언어기법은 모순어법(oxymoron)이다. 모순어법이란 서로 반대되는 요소들을 함께 끌어 모아 얼핏 보면 어리석게 보이지만 다시 보면 예상 밖의 균형감각을 자아내는 기지에 찬 수사기법이다.

머트너(Mertner)가 주장하듯이 기발하고 재치 있는 생각이나 표현을 의미하는 '기상'(conceit)이란 단어는 그 형용사형이 1585년 처음 영어에서 선을 보인이후 이미 16세기 후반에 당시 유행하던 수사적인 문체를 지칭하는 용어로 자리 잡았다. 1597년에 출판된 『로미오와 줄리엣』의 제 일 사절판(Q1) 역시 "로미오와 줄리엣의 빼어난 기상에 찬 비극"이란 제목을 달고 있다. 이처럼 이 작품은 이질적인 요소들을 한데 비틀어 묶어놓는 기지에 찬 생각과 표현의 문채로 가득한데, 이 기상을 표현하는 언어적 장치가 바로 모순어법이다. 형식논리를 떠나서 사물의 다양성을 종합적으로 관찰하는 르네상스인들의 조망주의가 모순어법을 선호하게 한 것이다.

바칸(Leonard Barkan)이 주장하듯이 대립적인 것들의 연결고리인 변신이 자연과 예술의 결합을 의미한다면 "직유와 말장난, 말과 사물의 혼합, 모순어법과 역설의 양식들은 정확하게 변신의 언어를 수사적으로 치환한 것이다." 바칸의 주장에서 알 수 있듯이 모순어법은 사물의 경계를 넘나드는 시적 상상력의 산물이며, 사물을 고정된 것이 아니라 변증법적인 관점, 즉 변신, 변형의 관점에서 파악하려는 노력의 소산이다. 『로미오와 줄리엣』은 코러스의 등장부터 삶과 죽음을 동일한 관점에서 파악하는 모순어법을 보인다. "이들 두 적들의 운명적인 사타구니에서 한 쌍의 별들이 가로막은 연인들이 탄생한다"라고 코러스는 말하고 있는데, 사타구니는 생식의 장소이기도 하지만, 이것이 운명적이라고 표현에서 곧 죽음과 탄생이 함께하고 있음을 알 수 있다. "별들이 가로막은"이란 표현 역시 화성(Mars)과 금성(Venus)의 대척적인 두 별들의 결합을 강조하고 있는데, 화성과 금성과 같은 이질적인 요소들의 상호 교차란 바로 모순어법을 지칭한다.

모순어법은 이 작품 전체를 관류하고 있는 통일된 수사법이다. 흔히 희극적인 부분으로 간주되는 1막 1장의 몬테규(Montague) 가와 카퓰렛(Capulet) 가의 하인들의 거리소동 역시 모순어법으로 일관되고 있다. 카퓰렛 가문의 하인인 샘슨(Sampson)은 "몬태규 가문의 개 같은 하인은 나로 하여금 멈춰 서도록 화를 돋군다"(A dog of that house shall move me to stand, 1.1.10)라고 말하는데, 이 역시 '움직이다'와 '멈추다'의 반어를 활용한 모순어법이다. 이 모순어법은 여기서 그치지 않고 '자극하다'와 '발기하다'라는 중의를 이용하여, 원수 집안의 증오가 성적인 자극이나 폭력으로 이어짐을 암시한다. 하인들의 거리소동과 칼싸움은 베로나의 모든 남자들이 항상 칼을 차고 다니는 데서도 알 수 있듯이 청년들이 사회적으로 성인이 되는 일종의 통과의례이며, 이들의 폭력은 성적인 폭력과 분리될 수 없을 정도로 맞물려있다.

남성들끼리의 물리적인 폭력은 여성들을 향할 때는 "처녀들의 머리, 즉 처녀성"(1.1.24)을 자르려는 성적인 폭력으로 화한다. 이 작품은 시작부터 삶과 죽음, 사랑과 폭력과 같은 서로 이질적인 주제들이 한데 혼재되어 있으며, 이러한 주제를 표현하는 장치가 바로 모순어법이다. 따라서 이곳의 모순어법은 단지 언어적 표현에 그치는 것이 아니라 이 작품을 구조적으로 이끌어가는 극적 장치이다.

하인들의 소동은 희극적인 분위기에서 시작하지만 베로나의 군주인 이스칼러스(Escalus)의 심판을 야기할 정도로 무거운 분위기로 급전한다. 이처럼 이 작품은 처음부터 이질적인 것들의 교차구조를 보이며, 이것은 셰익스피어가 모순어법을 구조적인 틀로 사용하고 있음을 증명하는 것이다. 따라서 하인들의 거리소동을 단지 희극적인 부분으로만 간주하는 것은 문제가 있다. 이들의 희극적인 모순어법은 증오와 사랑, 사랑과 전쟁이 별개의 것들이 아니라 하나의 현상임을 강조한다. 이점은 머큐쇼(Mercutio)의 몽마 맵(Queen Mab)에 관한 대사에서 더욱 현저하다.

흔히 머큐쇼의 몽마에 관한 대사는 작품의 전개와는 상관없이 단지 웃음을 유발하기 위한 일탈, 혹은 에피소드로 해석되는 경향이 있다. 카풀렛 집에서 열리는 가면무도회에 초대받은 로미오가 어제 저녁에 좋지 않은 꿈을 꾸었다고 하며 무도회에 참석하는 것이 현명한 일 같지 않다고 꺼려하자 머큐쇼는 이를 조롱하며 몽마에 관한 얘기를 길게 늘어놓는다. 머큐쇼는 꿈은 사실이라고 믿는 로미오를 조롱하기 위해 "꿈꾸는 사람들은 종종 거짓말을 한다"(1.4.51)는 꿈을 자신도 꾸었다고 둘러대며 꿈이란 꿈꾸는 사람의 주관적인 욕망의 투영물이라고 주장한다. 그에 따르면 꿈이란 요정들의 산파인 여왕 맵이 가져다주는 것이다. 머큐쇼는 인간의 꿈을 지배하는 맵이 여왕인 동시에 산파나 뚜쟁이 역할을 한다는 점에서 창녀(quean)라고, 영어에서 '여왕'과 '창녀'의 발음이 같은 점을 이용하여 말장난으로 비아냥거린다.

조안 호머(Joan Holmer)에 따르면 셰익스피어는 맵 이야기를 토마스 내

쉬(Thomas Nashe)가 쓴 『밤의 공포: 유령 이야기』(*The Terrors of the Night, or a Discourse of Apparitions*, 1594)에서 빌려왔다. 내쉬에 따르면 요정 중에서도 가장 작은 요정들은 인간을 꿈꾸게 하기 위해서 우울증을 사용한다. "땅과 물의 요정들은 밤에 힘을 발휘한다. 요정들은 머리를 흐리게 하는 우울증을 이용하여 지저분하고 끔찍한 괴물들을 탄생시키고 … 우리들의 상상력에 기괴한 모습을 한 것들을 잉태 시킨다 … 그로 인해서 우리들의 감각에 문제가 생기고 … 요정들은 단지 거짓과 허황된 이야기들을 출산 시킨다." 내쉬는 요정들과 특히 우울증에 빠진 사람들의 꿈의 인과 관계를 임신과 출산의 비유를 들어 기술하고 있는데, 요정들을 꿈의 산파로 기술하는 한편, 다른 한편으로는 그것들이 바로 꿈을 잉태시키는 정자로 묘사하기도 한다. 이러한 이중성 때문에 머큐쇼는 맵을 여왕이자 창녀라고 빈정거리고 있으며, 내쉬와 마찬가지로 꿈은 거짓이라고 주장한다. 특히 로미오가 사랑의 열병을 앓고 있기 때문에 더욱 그렇다. 맵이란 단어는 켈트어나 웨일즈 말로 어린아이를 의미하는 맵(mabh, maban)에서 온 단어로, 밤에 여행객들을 길을 잃게 한다든지, 말 풀을 서로 묶어놓아 사람들이 걸려 넘어지게 하는 장난을 친다. 이런 점에서 맵은 『한 여름 밤의 꿈』에 나오는 장난꾸러기 요정 로빈 굿펠로우(Robin Goodfellow)와 일맥상통한다. 맵의 출처를 밝히는 점에서 탁월함을 보인 호머 역시 "퀸 맵에 관한 머큐쇼의 허구적이지만 일품인 장광설은 극의 진행을 위해서 불필요할 뿐만 아니라 실제로는 극의 진행을 방해한다"고 주장한다.

머큐쇼의 얘기를 희극적인 일화로 처리할 때 놓치게 되는 중요한 사실은 그의 얘기가 결혼과 폭력 같은 이 작품의 주제들과 밀접하게 관련되어 있다는 점이다. 맵이 타고 다니는 수레는 마치 비너스의 수레를 끄는 비둘기들처럼 눈에 보이지 않을 정도의 작은 동물들이 끌며, 그녀의 수레바퀴살은 긴 거미 다리로 만들어졌고, 수레의 덮개는 메뚜기 날개로 만들어졌으며, 봇줄은 최고로 작은 거미집으로 만들어졌다. 동화에 나오는 이러한 묘사는 줄리엣이 유모를 로미오에게 심부름 보내놓고 초조하게 기다리는 장면으로 바로 연결된다. 사랑에 대한 생각은 지체할 수 없기 때문에 "날개 짓이 민첩한 비둘기들이 사랑을 이끌고, 바람처럼 재빠른 큐피드는 날개를 지녔다"(2.5.7-8)고 그녀는 생각한다. 줄리엣의 독백을 통해서 맵은 바로 소녀들의 사랑에 대한 환상임을 알 수 있다. "처녀들이 바로 누워 잠잘 때 그들을 짓눌러 견디어 내는 것을 가르치는 것도 바로 몽마이다"(1.5.92-93)라고 머큐쇼는 맵을 통해서 처녀들이 성행위를 배운다고 주장한다. 사랑을 육체적인 관계로 격하시키는 그의 성격에 걸맞는 대사이다. 그에 따르면 맵은 사랑의 요정이며 꿈꾸는 사람의 욕망은 투영물에 불과하다. 그렇지만 머큐쇼는 철저하게 초월적인 가치를 부정하는 자신의 의도와는 다르게 이 사랑의 요정을 환상적으로 그려냄으로써 베로나의 처녀들, 특히 줄리엣이 꿈꾸는 사랑이 가부장적이고 억압적인 남성지배 체제를 탈출하여 시간의 지배를 뛰어넘은 새로운 세계에 대한 환상으로 이어짐을 암시한다. 라이언(Ryan)이 주장하듯이 로미오와 줄리엣의 유토피아적인 사랑은 탐욕적이고 계산적인 위계질서에 입각한 지배적인 사고에 오염되지 않고 자유롭게 사랑할 수 있는 인간의 기본적인 권리를 주장하는 점에서 혁명적이다. 줄리엣의 사랑은 그녀를 현실에서 벗어나게 해줄 수 있는 유일한 대안이지만, 그 대상이 원수 집안의 아들이라는 점에서 그녀는 여전히 현실에 갇혀있다. 이것이 그녀의 사랑이 초월을 꿈꾸지만 처음부터 죽음과 맞물려 있는 이유이다.

머큐쇼의 맵 이야기는 사랑과 함께 죽음을 얘기한다. 때때로 그녀가 군인의 목 위로 말을 달리게 되면 그 군인은 적의 목을 자르는 꿈이나 돌격, 복병, 스페인의 장검 등을 꿈꾸게 된다는 것이다. 머큐쇼가 이곳에서 스페인의 장검을 언급하는 것은 티볼트(Tybolt)가 짧게 찌르기에 능한 스페인 검법을 쓴다는 점에서 의미가 있다. 셰익스피어는 성격이 "불같은 티볼트"(1.1.107)를 당시에 영국과 적대관계에 있던 스페인과 연결시킴으로써 관객들로 하여금 그를 악당으로 간주하게끔 만든다. 꿈은 거짓이며, 단지 상상에서 생겨났으며, 부질없는 공상의 자식이며 공기처럼 실체가 없다(1.5.97-99)고 주장하는 머큐쇼가 자신이 꿈 얘기에서 언급한 스페인 칼에 찔려 죽는다는 사실은 셰익스피어가 꿈을 결코 의미 없는 것으로 보고 있지 않다는 증거이다. 만투아에 추방중인 로미오가 줄리엣이 자기에게로 와서 자신이 죽어있는 것을 발견하고는 키스로 자신의 입술에 생명을 불어넣어 주는 꿈을 꾸었다고 하는 독백(5.1.6-8) 역시 나중의 극적 전개를 암시하는 것으로, 망상의 소산으로 치부할 수 없다.

맵에 관한 머큐쇼의 긴 이야기는 사랑에 대한 환상 및 성적인 욕망과 더불어 죽음을 동시에 언급함으로써 이 작품의 이질적인 주제인 사랑과 죽음을 함께 묶어놓는 모순어법을 확대 적용한다. 더군다나 셰익스피어는 머큐쇼의 이야기를 로미오가 줄리엣을 만나기 직전의 순간에 배치함으로써 이 두 사람의 사랑이 지상에서는 실현하기 힘든 공기처럼 실체가 없는 환상적인 사랑이며, 따라서 죽음을 통해서만 완성될 수 있는 성질의 것임을 암시한다. 머큐쇼의 대사는 가면무도회 준비를 위한 시간을 메우는 한담이 아니라 매우 치밀한 수사적 장치들을 동원한 시적인 것으로 이 작품의 의미를 핵심적으로 담고 있다.

로미오는 줄리엣을 만나기 이전 로잘린(Rosaline)과 사랑에 빠져 있을 때부터 사랑을 상호모순 되는 이질적인 것들의 결합으로 파악하고 있다. 마후드의 주장처럼 베로나에서의 사랑은 종교적인 숭배이자 광기, 질병이며 전쟁이다. 거리 소동이 있고나서 이른 아침의 방황에서 돌아온 로미오는 모순어법을 반복적으로 구사해서 사랑과 전쟁, 사랑과 증오가 함께하고 있다고 한탄한다.

Here's much to do with hate, but more with love.
Why then, O brawling love, O loving hate,
O anything of nothing first create!
O heavy lightness, serious vanity,
Misshapen chaos of well-seeming forms!
Feather of lead, bright smoke, cold fire, sick health,

Still-waking sleep that is not what is!

This love I feel that feel no love in this. (1.1.173-180)

이곳엔 증오와 관계하는 일도 많지만 사랑과 관계하는 일은 더욱 많구나.

그렇다면 아 싸우는 사랑, 아 사랑하는 증오,

아, 처음에는 무에서 나온 것!

아 무거운 가벼움, 진중한 허영이여,

아름다운 모습의 추악한 혼돈이여!

납처럼 무거운 깃털, 밝은 연기, 차가운 불, 병든 건강,

존재함과 동시에 존재하지 않는, 항상 깨어있는 잠이여!

이 사랑을 느끼지 못하는 나는 이 사랑을 느끼고 있소.

매 행마다 두 개 이상의 모순어법을 사용해서 로잘린에게 버림받고 있는 자신의 현란한 마음을 로미오는 표현하고 있다. 로미오는 사랑의 우울증을 앓고 있는데, 양 가문의 칼싸움이 한바탕 치러진 바로 그 거리에 그가 극중에서 처음 등장함으로써 셰익스피어는 폭력과 복수가 사랑과 동시에 발전할 것을 암시한다. 이곳에서 로미오의 모순어법은 비교적 상투적인 것으로 그가 페트라르카의 연애시 전통 및 중세의 기사도 전통을 학습 받은 연인임을 증명한다.

랄프 베리(Ralph Berry)가 주장하듯이 로미오를 포함한 이 작품의 모든 인물들은 인용구로서 등장하고, 인용구를 가지고 얘기한다. 소네트 형

식으로 표현된 상투어구가 베로나의 지배적인 사고의 형식으로, 이 사회는 이름, 형식, 의식에 매혹되어 있다. 로미오는 사랑을 종교화하며, 자신을 그 사랑의 신도로 표현하는 등 매우 관념적인 사랑에 빠져있다. 로미오는 로잘린을 향한 자신의 욕망을 만족시킬 수가 없기 때문에 지속적으로 과장되고 기지에 찬 언어를 사용하며(1.1.213-214과 2막 1장의 발코니 장면 참조), 이로 인해서 육체적인 사랑을 강조하는 머큐쇼에게 조롱을 받는다(2.1.10이하 참조). 연애시 전통의 관습적이고 과장된 표현을 즐기는 로미오의 이러한 경향은 줄리엣과의 육체적 접촉을 통해서 보다 단순해지며 실제적이 된다. 2막 2장 마지막에 줄리엣과 헤어진 그는 자신의 처지를 신부와 상의하러 가는 순간에 지상에 발을 내려놓는다. "우리가 장미라고 부르는 것은 다른 이름으로 불려도 마찬가지로 달콤한 향기를 풍기기"(2.2.43-44) 때문에 로미오로 하여금 그 이름을 버리고 다른 이름을 가지라고 간구하는 줄리엣은 기표와 기의의 상응관계를 부정함으로써 현실의 상징체계를 부정하는 매우 도발적이며 적극적인 여인이다. 그러나 사물을 여전히 다른 이름으로 불러야할 필요성은 인정함으로써 그녀는 현실적인 상징체계의 힘 안에 머무는 한계를 보이기는 하지만, 언어보다 실제를 중요시하는 그녀를 통해서 로미오 역시 언어적으로 순화되며 사랑에 있어서 좀 더 현실적이 된다. 그러나 첫 등장에서 우리는 로미오에게서 드러나는 강한 지적 성향을 알 수 있으며, 이는 말장난을 즐기는 기지와 시적인 언어로 발전해간다.

로잘린에 대한 늙은 욕망이 죽어가는 임종의 자리에서 줄리엣에 대한 젊은 애정이 뒤를 잇기 위해서 입을 크게 벌리고 있다고 두 번째 코러스가 얘기하듯이(2.1.1-2), 셰익스피어는 이 작품에서 삶과 죽음, 사랑과 폭력을 함께 짝 지우는 모순어법을 단지 언어적인 기법뿐만 아니라 플롯 구성의 틀로써 사용하고 있다. "사랑이 신음하며 죽겠다고 하던 그 미녀는 다정한 줄리엣과 비교해 볼 때 이제 더 이상 아름답지 않다"(3-4)라고 계속되는 코러스의 대사에서 드러나듯이 이것은 사물의 변화하는 속성, 혹은 사물을 바라보는 인간의 마음의 변화에서 기인하며, 모순어법은 그러한 변화를 변증법적이고 힘 있게 표현하는 말과 생각의 무늬이다.

이런 생각을 모순어법을 활용한 경구로 잘 표현하고 있는 인물이 로렌스 신부이다. 로미오가 자신의 사랑을 의논하기 위해서 찾아간 "영혼의 아버지"(2.2.192)인 로렌스 신부는 아이러니컬하게도 세속적인 사랑의 충고자이다. 그러나 그는 비평가 에반스가 주장하듯이 "어떤 경우에도 그는 잔인한 베로나 사회에 의해서 위협받고 있는 이들 연인들을 위해서 어떠한 해결책도 찾아낼 수 있는 인물이 절대로 못 된다." 바구니를 들고 이른 아침에 약초를 캐고 있는 그는 변화하는 자연의 시간 안에서 약이 독이 되고 독이 약이 되는 변전을 강조하며, "자연의 어머니인 대지는 자연의 무덤이며, 자연의 매장 터는 또한 자연의 자궁이다"(2.3.5-6)라고 삶과 죽음을 맞물려 있는 것으로 파악한다. 그에게 가치는 시간의 적절성과 의도에 의해서 결정되는 만큼 모든 것은 상대적이다. "인간뿐만 아니라 초목에도 두 대적하는 왕들이 항상 진을 치고 있으니, 그것들은 은총과 육체의 욕망이다"(2.3.23-24)라고 자연계와 인간의 삶 자체를 하나의 역설로 파악한다. 그렇지만 그도 역시 선용과 오용을 결정짓는 시간의 작용을 통제할 수 없음으로 인해서 "선도 잘못 적용되면 악으로 변하는"(2.3.17) 결과를 초래한다. 로렌스 신부와 로미오의 만남 이후 극의 발전은 신부의 좋은 의도가 본성에서 벗어나서 정반대의 결과를 초래하는 방향으로 나아간다. 이런 점에서 로렌스 신부를 셰익스피어가 제시하는 객관적인 도덕적 판단이라고 보기는 어려우며, 머큐쇼가 자신이 헛된 망상의 산물이라고 주장하던 스페인 칼에 의해서 희생당하는 것과 마찬가지로, 그도 역시 시간이 가져오는 역설의 힘 앞에 패배 당한다.

신부에게 부탁하여 급작스런 비밀 결혼을 올리는 로미오는 사랑을 집어 삼키는 죽음이 무슨 짓을 할지라도 줄리엣과의 한 순간이 주는 기쁨과 바꿀 수 없다고 외친다. 그는 이미 자신의 사랑의 순간을 죽음과 하나로 생각하고 있다. 그러자 신부는 달콤하기 이를 데 없는 꿀도 그 단맛 때문에 질리게 하며, 너무 이른 것도 너무 늦은 것과 마찬가지로 늦게 도착하는 법이라고(2.6.11-12, 15) 모순어법을 통해 절제를 강조한다. 신부의 충고와는 다르게 결혼식 직후에 티볼트에 의해서 머큐쇼가 살해되고, 다시 로미오가 머큐쇼를 살해하는 죽음이 계속된다. 사랑과 폭력, 죽음이 교차함으로써 이중으로 교차하는 모순어법이 극의 구조로 작용하고 있다. 비밀 결혼식을 주관했던 신부는 줄리엣의 가짜 장례식을 치루며, 패리스 백작에게 딸을 시집보내 신분상승을 노렸던 카풀렛 부부에게 결혼식 전날 밤에 줄리엣과 정작 결혼한 것은 죽음이다. 죽음에게 줄리엣을 유린당한 패리스에게 그녀에 대한 자신의 애정은 말 그대로 "죽음 안에서의 사랑!"(4.5.58)이다. 이처럼 셰익스피어는 죽음과 사랑을 끊임없이 한데 묶어 둠으로써 이 작품의 진정한 주인공은 역설임을 강조함과 동시에, 5막에서 로미오와 줄리엣의 무덤 안에서의 죽음이 진정한 사랑의 형태임을 미리 암시한다.

로미오와 비밀결혼식을 올리고 밤이 되기를 마치 축제일 저녁에 새 옷을 입기위해 안달하는 어린아이 심정으로 기다리는 줄리엣에게 유모가 가져다주는 소식은 기대와는 달리 로미오가 오고 있다는 것이 아니라 자신의 사촌인 티볼트가 로미오의 손에 죽었다는 것이다. 이 소식을 접한 그녀는 외양과 실재가 다를 수 있는 로미오를 계속되는 모순어법을 써서 비난한다.

O serpent heart, hid with a flowering face.
Did ever dragon keep so fair a cave?
Beautiful tyrant, fiend angelical,
Dove-feathered raven, wolfish-ravening lamb!
Despised substance of divinest show!
Just opposite to what thou justly seem'st!
A damned saint, an honourable villain!
O nature what hadst thou to do in hell
When thou didst bower the spirit of a fiend

In mortal paradise of such sweet flesh?
Was ever book containing such vile matter
So fairly bound? O, that deceit should dwell
In such a gorgeous palace. (3.2.73-85)
아, 꽃 같은 얼굴에 숨어있는 독사 같은 마음이여.
그렇게 아름다운 동굴 속에 구렁이가 산적이 있었던가?
아름다운 악당이여, 천사 같은 악마여,
비둘기의 깃을 한 까마귀여, 늑대처럼 집어삼키는 새끼 양이여!
거룩한 외양을 한 더러운 속 알맹이여!
보기와는 완전히 딴판이구나!
저주받은 성자요, 존경받는 악당이여!
아 자연이여, 그대는 지옥에서 무슨 일을 하고 있었기에
그처럼 근사한 육체의 낙원에다
악마의 정신을 넣어두었단 말이냐?
이처럼 더러운 내용을 지닌 책이
이렇게 훌륭한 장정을 지녔던 적이 있었던가?
아, 그처럼 화려한 궁궐에
그러한 거짓이 살고 있었다니.

이곳에서 줄리엣은 여섯 개의 모순어법을 사용하여 외양과 실재가 다름을 강조하는데, 모순어법이란 바로 이러한 변화, 변신을 표현하는 언어

적 기법임을 다시 한 번 확인할 수 있다. 그녀는 극도로 흥분된 상태에서도 기지가 필요한 수사기법을 사용함으로써 그녀의 지적인 성격을 드러냄과 동시에 로미오와 이런 면에서 대등할 수 있음을 보여준다. 그녀는 사랑이 폭력이나 죽음이라는 다른 이름으로 바뀔 수 있음을 경험을 통해서 확인하게 된다. 살인죄로 만투아로 추방되기 직전에 하루저녁을 함께 보낸 로미오와 줄리엣이 동틀 무렵 헤어지면서 "빛이 더욱 밝아 올수록 우리들의 고통은 더욱 어두어진다"(3.5.36)라고 말하듯이 이제 모순어법은 그들의 경험의 일부가 되어버렸다. 그들에게 남은 것은 "이기는 시합을 지는 것을"(3.2.12) 배우는 것이다. "느끼지 않는 것에 대해서는 말할 수가 없다"(3.3.64)라고 로미오가 추방된 자신을 위로하는 신부에게 쏘아붙이듯이, 사랑을 차지하기 위한 죽음과의 경주는 그들만의 몫이다.

패리스 백작과 줄리엣을 결혼시키기로 한 목요일 아침에 죽어있는 딸을 발견하고서 비통해하는 카풀렛의 대사는 이 작품의 진정한 주제이자 주인공이 변전, 변신을 다루는 비유 언어이며, 이 비유 언어 중에서 특히 모순 어법임을 확인시켜주는 좋은 사례이다.

All things that we ordained festival
Turn from their office to black funeral:
Our instruments to melancholy bells,
Our wedding cheer to sad burial feast;
Our solemn hymn to sullen dirges change,

Our bridal flowers serve for a buried corse,
And all things change them to the contrary. (4.5.84-90)
잔치에 쓰려고 마련했던 모든 것들이
검은 장례식 용품들로 용도가 바뀌는 구나.
악기들은 음울한 제종소리로 바뀌고
혼인 잔치는 슬픈 장례식으로 바뀌며
결혼 축하노래들은 침통한 애가로 바뀌고,
신부의 꽃다발은 시체를 덮는데 쓰이고,
모든 것들이 정반대로 바뀌는 구나.

반복어법, 접속사 생략 등의 수사적 기법을 동원하고 있는 카풀렛의 한탄은 자연의 주기, 시간의 힘에 의해서 모든 것들이 변화하는 이 작품의 주제를 잘 보여준다. 바뀐다는 것(turn)은 다시 말해서 수시비유(trope)에 대한 어원적인 의미이며, 의미의 뒤틀림(turn)이란 곧 비유(metaphor)의 본질이다. 코러스가 얘기하듯이 이 작품에서 증오에서 사랑이 나왔고, 따라서 사랑이 폭력과 죽음의 씨앗을 처음부터 잉태하고 있다면, 그 반대로 죽음은 다시 사랑을 잉태하고 사랑을 완성하는 변화를 가져온다.

로미와가 줄리엣과 사랑을 나누기 위해서 그녀의 집 담을 넘는 행위는 이러한 이질적인 것들의 경계를 넘나드는 수사비유의 속성을 상징적으로 보여주는 것이다. 그가 로미오의 방으로 올라가기 위해서 사용하는 밧줄 역시 이질적인 요소들을 한데 묶고 연결하는 수사비유의 상징이다. 밧줄(cord)이란 원래 심장의 힘줄을 의미하는데, 로미오는 이 밧줄로 자신의 심장과 줄리엣의 심장을 하나로 합친다. 그러나 이 밧줄은 다시 의미의 변화를 가져온다. 로미오는 줄리엣이 진짜로 죽었다고 믿고 그녀와 함께 하기 위해서 만투아의 약제사로부터 치명적인 독약을 구입하는데, 이를 그는 독약이 아니라 강심제라고 부른다(5.2.85-86). 강심제란 말 그대로 심장의 힘을 돋우는 것으로 밧줄과 같은 어원을 지니고 있다. 줄리엣 역시 이 독을 강심제라고 부른다(5.3.166). 줄리엣이 로미오에게 이름을 바꾸라고 하며, 장미는 다른 이름으로 불리어도 여전히 향기롭다고 말하는 데서 알 수 있듯이 이름에 대한 이 작품의 집요한 관심('이름'이란 단어가 총 30회에 걸쳐 반복된다)은 변화하는 사물의 속성을 과연 이름이 표현할 수 있을까하는 문제를 야기하며, 이 문제를 표현하는 방식중의 하나가 변화와 변신을 교차적으로 묶어놓은 모순어법이다.

줄리엣은 로미오와 비밀 결혼식을 올린 후 밤이 오기를 기다리는 독백에서 자신이 죽게 되면 로미오를 데려다가 그를 작은 별들로 잘게 썰어서 하늘에 뿌려달라고 밤에게 간구한다(3.2.21-22). 줄리아 크리스테바(Kristeva)가 지적하듯이 로미오의 육체를 분쇄하고자 하는 줄리엣의 무의식적인 욕망은 여성의 욕망이 죽음과 보다 밀접하게 한 탯줄로 연결되어 있음을 의미한다. 다른 한편으로 줄리엣의 간구는 죽음을 뛰어 넘는 사랑을 나누겠다는 바람의 표현이다. 별이란 지상에서는 이룩할 수 없는 영원한 가치의 상징이며, 이런 별과 같은 사랑을 위해서는 온 몸이 찢기는 죽음을 통과해야 한다. 성교가 아니라 죽음이 이들의 사랑의 완성이다. 코러스가 말하는 "별들이 가로막은" 이들의 사랑은 금성과 화성이라는 두 별들이 결합함으로써 새로운 별들을 탄생시킨다. "가로막은"이란 표현은 "교차된"이란 의미의 발전을 통해서 오히려 정반대로 서로를 연결시킨 결과를 초래하며 그로 인해서 새로운 별들의 탄생으로 이어진다. 이것이 바로 모순어법이 작동하는 방식이며 그 효과이다. 여기서도 인간의 육체가 별로 변화되는 변신의 주제가 두드러지는데, 이러한 변화를 매개하는 요인이 바로 죽음이다. 따라서 여기서 죽음은 사랑의 다른 양식, 혹은 이름에 불과하다. 이질적인 이름들이 모순어법을 통한 변화에 의해서 그 각각의 의미를 잃지 않으면서 하나의 의미로 수렴된다.

사랑의 완성인 죽음은 이곳에서 매우 폭력적으로 묘사되어 있다. "진정한 사랑의 의식"(5.3.20)을 치루기 위해서 묘지를 찾은 패리스의 죽음 말고도, 로미오는 "죽음의 자궁"(45)을 열어젖히기 위해서 나무망치와 쇠막대를 사용한다. 줄리엣과 함께하려는 로미오의 욕망이 일종의 성적인 폭력으로 제시되어 있다. 로미오와 줄리엣에 의해서 죽음은 다른 이름으로 끊임없이 치환됨으로써 그 본질이 흐려지고 정반대의 의미로 묻혀버린다. 죽음이 죽게 된다. 로미오는 강제로 열고 들어간 무덤을 결코 무덤이라고 부르지 않고 사방에 불이 켜진 축제의 방(5.3.86)이라고 부르며 이제야 진정으로 자신이 신혼의 밤을 즐기는 것으로 생각한다. 그에게는 죽음도 줄리엣과 사랑에 빠진 연인에 불과하다. 따라서 그는 자신이 죽어 죽음의 자리에 있게 됨으로써 다시 줄리엣을 되찾을 수 있다고 생각한다. 죽음은 그에게 질투의 대상이다. 그래서 약제사의 독약을 마시는 순간에도 그 독약이 살아있다(5.3.120)고 말한다. 로미오와 줄리엣의 죽음은 안토니와 클레오파트라의 무덤 안에서의 죽음, 혹은 더 멀리는 안티고네와 하에몬의 동굴 속에서의 죽음과 마찬가지로 죽음이 사랑으로 변화되는 정점이다.

이들의 죽음이 사랑으로 변화된 결정체가 황금동상이다. 황금동상은 그들의 이름이 마지막으로 변화한 예술품이다. 언어가 이질적인 의미나 형상으로 변화하는 이 작품의 주제를 이 기념비는 상징한다. 기념비는 로미오와 줄리엣의 죽음을 넘어서 양 원수 가문이 화합하는 평화의 상징이기도 한데, 이들의 화해는 로미오가 줄리엣에게 가져온 미망인 자산(jointure)이기도 하다. 이 자산으로 건립된 황금동상은 문자적인 의미 그대로 사랑과 증오, 평화와 전쟁, 죽음과 삶이라는 이질적이며 서로 대립되는 요소들을 하나로 이어주는 연결점(jointure)이며 그 자체가 모순어법이다. "짧은 순간의 영원한 기념물"인 황금동상은 죽음으로써 죽음을 넘어서는 초월적인 젊은이들의 사랑을 종교적인 차원으로 올려놓는다. 로미오가 줄리엣에 대한 자신의 애정을 성지를 찾는 순례자의 신앙심에 비교하듯이, 이들의 짧지만 불같이 환한 사랑은 기념비를 통해 숭앙과 찬미의 대상이 된다. 모순어법은 이러한 계속적인 변화를 표현하는 이 작품의 수사법이자 구조적인 틀이다. 사랑과 죽음이 지닌 서로 맞물린 이중성을 셰익스피어는 모순어법을 통해 구체화시킴으로써, 『로미오와 줄리엣』의 진정한 주제를 언어의 비유적 특성으로 부각시키고 있다. 로미오와 줄리엣의 패배가 최후의 순간에 승리로 탈바꿈하듯이, 시간의 작용에 의해서 변화하는 사물의 속성을 과연 이름이 얼마나 걸맞게 표현할 수 있는가하는 근본적인 문제를 이 작품은 수사비유를 통해서 제기한다. 시간의 작용이 가져오는 사랑과 죽음의 이중성, 모순되며 하나 되는 역설을 표현하기 위해 셰익스피어가 주도적으로 사용한 수사비유가 모순어법이다.

로미오와 줄리엣

목차

등장인물들

카풀렛 가문

줄리엣

카풀렛 경

카풀렛 부인

유모

피터 유모의 하인

티볼트 줄리엣의 사촌

티볼트의 시동

샘슨과 그레고리 카풀렛의 하인들

기타 다른 하인들

몬테규 가문

로미오

몬테규 경

몬테규 부인

벤볼리오	로미오의 사촌
발타자	로미오의 하인
아브라함	몬테규의 하인

기타 등장인물들

이스칼러스	베로나의 영주
머큐쇼	이스칼러스의 친척이자 로미오의 친구
패리스	공작 이스칼러스의 친척이자 줄리엣의 구혼자
로렌스 신부	프란시스코 수도회의 신부
존 신부	프란시스코 수도회의 다른 신부

만투아의 약제사

세 명의 야경꾼들

세 명의 악사들(사이몬 캐트링, 휴 리벡, 제임스 사운드포스트)

기타 다수의 가면무도객들, 횃불잡이들, 객들, 코러스 등등

서곡

(코러스 등장)

우리의 무대가 되는 아름다운 베로나에서
권세 비슷한 두 가문이
오랜 원한에서 또 다시 싸움을 일으켜
시민들의 손을 피로 더럽히는구나.
이들 두 적들의 치명적인 허리춤에서
별들이 가로막은 한 쌍의 연인들이 태어나니
그들의 불운하고 애처로운 죽음이
그들 부모들의 싸움을 죽음으로 장사지내는구나.
죽음이 점지한 그들의 끔찍한 사랑의 궤적과
자식들의 죽음만이 끝장낼 수 있는
부모들의 계속된 불화가

이제 두 시간 동안 우리 무대 위에 올려 질 것입니다.
이 이야기를 관객 여러분께서 귀 기울여주신다면
부족한 부분은 앞으로 애써 고쳐보겠습니다.

1막 1장

(카풀렛 가문의 샘슨과 그레고리가 칼과 방패로 무장을 한채 등장)

샘슨 이봐 그레고리, 우린 모욕을 참아서는 안 돼.

그레고리 당연하지. 안 그러면 우린 탄부가 되는 거야.

샘슨 내 말은 화가 나면 칼을 뽑자는 거야.

그레고리 암 살아있으려면 교수대의 밧줄에서 목을 빼야지.

샘슨 화를 돋우면 바로 내리 칠거란 말일세.

그레고리 그렇지만 자네는 내리칠 정도로 쉽게 화를 내지 않지.

샘슨 몬테규 가의 개만 봐도 화가 나네.

그레고리 화를 낸다는 것은 움직이는 것이고 용감하다는 것은 적과 맞서는 것이지. 따라서 자네가 화를 낸다면 자네는 도망치는 셈이지.

샘슨 그 집안의 개만 봐도 나는 맞서게 되지. 몬테규 가의 하인이나 하녀를 만나더라도 나는 벽 쪽 길에 버텨 서서 길을 내주지 않을 거야.

그레고리 그렇다면 자네가 약자가 되는 거야. 약자가 벽에 붙어서는 법이니까.

샘슨 그렇지. 그러니까 약자인 여자들이 벽을 등지는 법이네. 그러니 나는 몬테규 가의 하인들을 벽에서 몰아내고 그 집안 하녀들을 벽에 붙여 세울 작정이네.

그레고리 주인양반들 뿐 아니라 우리들 하인들 사이에서도 싸움이 벌어지고 있네.

샘슨 매 한가지야. 나는 폭군임을 증명해 보일 테야. 그 집 하인들과 싸우고 나면 하녀들에겐 친절을 베풀어 그 처자들의 머리를 자를 테야.

그레고리 하녀들의 머리라고 했나?

샘슨 그래 하녀들의 머리지. 아니면 그자들의 처녀성. 자네 좋을 대로 새겨듣게나.

그레고리 직접 느껴보는 사람만이 머린지 처녀성인지 그 의미를 알 수 있겠지.

샘슨 내가 서 있는 동안은 나를 느낄 수 있을 거야. 더군다나 내 물건은 근사하니까.

그레고리 그래 자네는 생선은 아니니까. 그랬다면 간고등어 꼴이었겠지. 몬테규 가의 사람들이 오니 연장을 뽑게나. (둘은 칼을 뽑는다.)

(몬테규 가의 하인 두 명 등장)

샘슨 칼을 뽑았네. 내가 뒤를 받칠 테니 시비를 걸게나.

그레고리 아니 등을 돌리고 달아나겠다고?

샘슨 그런 걱정은 붙들어두게나.

그레고리 아니지. 진짜 걱정일세.

샘슨 우리 쪽 원칙을 지켜 저자들로 하여금 먼저 싸움을 걸도록 하세.

그레고리 내가 얼굴을 찌푸리고 지나가면 자기들 원하는 대로 해석하겠지.

샘슨 아니 자기들 배짱대로 해석하겠지. 내가 저자들에게 엄지손가락을 깨물어
보이겠네. 이걸 참는다면 치욕이겠지.

아브라함 지금 우리한테 엄지손가락을 깨물어 보이는 거요?

샘슨 그냥 내 엄지손가락을 깨물 뿐이오.

아브라함 우리한테 엄지손가락을 깨물어 보이는 것이냐고 물었소.

샘슨 (그레고리에게 방백) "그렇소"라고 대답하면 우리 쪽 원칙을 지키는 것인가?

그레고리 (샘슨에게 방백) 아니지.

샘슨 아니 그대에게 손가락을 깨물어 보인 것이 아니라 그저 내 손가락을 깨문 것뿐이오.

그레고리 지금 시비를 거는 거요?

아브라함 시비라니, 당치도 않소.

샘슨 시비를 건다면 내가 상대해주리라. 댁의 주인만큼이나 내 주인도 훌륭한 사람이오.

아브라함 더 낫다 할 수는 없지.

샘슨 아니 감히—

(벤볼리오 등장)

그레고리 (샘슨에게 방백) "더 낫다"고 말하게나. 마침 주인님의 친척 한

분이 오시는구려.

샘슨 아니 더 나은 분이지.

아브라함 이런 거짓말쟁이.

샘슨 남자라면 칼을 빼라. 그레고리, 저자를 납작하게 한 방 먹어주게나.

(서로 싸운다)

벤볼리오 (칼을 뽑으며) 이 얼간이들아, 그만두지 못할까! 칼을 거두어라. 무슨 짓들이냐.

(티볼트 등장)

티볼트 아니 이런 겁쟁이들에게 칼을 뽑았단 말인가?
(칼을 뽑으며) 벤볼리오, 고개를 돌리게. 내가 상대해주지.

벤볼리오 싸움을 말리고 있었을 뿐이오. 칼을 거두시오.
아니면 나를 도와 이자들의 싸움을 말려주시오.

티볼트 아니 칼을 빼들고 싸움을 말린다니 말이나 되오?

지옥이나 몬테규 가문이나 그대를 미워하는 만큼이나 화해라는
말이 끔찍하게 나는 싫소. 자, 비겁한 놈아, 덤벼라.
(서로 싸운다)

(곤봉과 창을 든 서너 명의 시민들 등장)

시민들 곤봉과 쇠꼬챙이와 창으로 저자들을 때려눕힙시다!
카풀렛가 사람들을 죽여라! 몬테규가 사람들을 죽여라!

(평상복 차림의 늙은 카풀렛 경과 그의 부인 등장)

카풀렛 이게 웬 소란인고? 여보, 내 장검을 주시오.

카풀렛 부인 목발이 어울릴 양반이 무슨 장검이란 말이오.

(늙은 몬테규 경과 그의 부인 등장)

카풀렛 내 칼을 달란 말이오! 늙은 몬테규가 내 화를 돋우려고
칼을 휘두르며 오고 있소.

몬테규 이 못된 카풀렛아! 여보 이 손을 놓으시오.

몬테규 부인 저자에게 한 발자국도 움직여선 아니 됩니다.

(영주 이스칼러스가 시종들을 데리고 등장)

영주 평화를 어기는 불충한 백성들이여,
이웃의 피로 칼을 더럽히는 자들이여,
말을 못 알아듣는단 말이냐? 자신의 핏줄에서 흘러나온
분수 같은 붉은 피로 분노의 불길을 잡는
너희 짐승 같은 인간들아
고문의 고통을 면하고 싶다면 그 피비린내 나는 손에서
그 못된 무기들을 땅에 내 던지고
분노한 너희 영주의 명을 듣거라.
그대 늙은 카풀렛과 몬테규가
하찮은 말다툼 때문에 벌인 세 번의 시민들 간의 싸움으로
도시의 평화가 깨졌고
베로나의 늙은 시민들은 노년에 걸맞은 의복을 벗어던지고
오랜 평화로 녹슨 옛 창을 늙은 손에 걸머쥐고
그대들의 원한에 찬 싸움을 뜯어 말렸다.
그대들이 다시 한 번 짐의 도시를 소란스럽게 한다면
평화를 어긴 대가로 그대들 목숨을 내놓게 될 것이다.
그대 카풀렛은 지금 나와 함께 가고, 몬테규는 오늘 오후에
유서 깊은 프리타운 재판소로 와서
이번 사태에 대한 짐의 판결을 받으라.

다시 한 번 말하건대, 죽기 싫거든 모두 흩어져라.

(몬테규 경과 그의 부인, 벤볼리오만 남고 모두 퇴장)

몬테규 이 옛 싸움을 다시 일으킨 자가 누구냐?
너는 싸움이 시작될 때 곁에 있었느냐?

벤볼리오 내가 오기 전에 이미 양 가문의 하인들이
접전 중이었습니다.
이들을 떼어놓기 위해 내가 칼을 뺀 사이
성미가 불같은 티볼트가 와서 칼을 빼들고
귀청이 터지게 내게 욕을 해대며
머리 위로 그 칼을 휘두르고 공연히 바람을 가르니
멀쩡한 바람은 쉬익 소리로 그를 조롱할 뿐이었습니다.
우리가 싸움을 하는 동안
더욱 많은 사람들이 와서 편을 갈라 싸우게 되었고
마침내 영주가 오셔서 양쪽을 떼어놓았습니다.

몬테규 부인 로미오는 어디 있느냐, 오늘 본 적이 있느냐?
그가 이 싸움에 끼어들지 않아서 다행이구나.

벤볼리오 숙모님, 성스런 태양이 동쪽 황금 창문으로

고개를 내밀기 한 시간 전쯤에
마음이 심란하여 바깥 산책을 나갔다가
도시 서쪽에 자리 잡고 있는
시카모어 숲 그늘 아래서
그 이른 아침에 걷고 있는 아드님을 보았습니다.
그에게로 다가갔더니 나의 기척을 알아차리고
숲 그늘 속으로 사라져버렸습니다.
혼자 있어도 피곤에 지친 나에게는 다수처럼 느껴져
아무도 모르는 은밀한 곳을 가장 갈구하는
내 마음에 비춰 그의 감정을 헤아려보고
그를 따르지 않고 내 기분을 좇아
기꺼이 내게서 도망친 그를 기꺼이 버렸습니다.

몬테규 새 아침이슬을 눈물로 더하고
깊은 한숨으로 구름에 구름을 더하고 있는
그의 모습이 여러 날 아침 그곳에서 목격되었다.
그러나 만인을 위로하는 태양이
저 멀리 동쪽에서 오로라의 침실
안막 커튼을 걷자마자
수심에 찬 아들은 햇빛을 피해 달아나
은밀하게 자신의 방에 스스로를 가두고

유리창을 닫고 아름다운 햇빛을 차단하고
몸소 인공의 밤을 가져온다.
훌륭한 충고로 그 원인을 제거하지 않는다면
이 괴벽은 틀림없이 불길해질 것이야.

벤볼리오 숙부님, 원인을 아십니까?

몬테규 이유도 모르거니와 그에게서 알아 낼 수도 없구나.

벤볼리오 어떤 식으로든 알아내려고 그를 졸라봤습니까?

몬테규 나뿐 아니라 많은 다른 친구들도 알아봤다.
그러나 얼마나 진심인지는 모르겠지만
자신의 감정을 자신에게만 말하고
자신에게만 비밀로 꼭꼭 간직하고 있어
그 마음속을 측량하고 알아낼 방법이 없구나.
마치 꽃봉오리가 그 향기로운 잎을 바람에 피우기도 전에
아니면 그 아름다움을 대기 중에 펼치기도 전에
사악한 벌레에 먹힌 꼴이라고나 할까.
그의 슬픔의 뿌리를 알 수만 있다면
아는 대로 기꺼이 처방을 내릴 수 있으련만.

(로미오 등장)

벤볼리오 여기 아드님이 오네요. 제발 비켜서주세요.
제가 그 슬픔의 원인을 알아내겠습니다. 아니면 거절을 당하겠지요.

몬테규 뒤에 남아 진심을 듣게 된다면 더없이 좋겠구나.
자 여보, 자리를 비켜줍시다.

(몬테규 경과 그의 부인 퇴장)

벤볼리오 좋은 아침이네, 로미오.

로미오 아직도 이른 아침인가?

벤볼리오 이제 막 아홉 시를 알리는 종이 쳤네.

로미오 아 슬픈 시간은 길기도하여라.
이곳을 급히 빠져나간 사람이 내 아버지 아닌가?

벤볼리오 맞네. 무슨 슬픔 때문에 로미오의 시간이 더디 가나?

로미오 가지고 있으면 짧게 느껴지는 그것을 갖지 못해서지.

벤볼리오 사랑 속에 빠졌나?

로미오 그 밖일세.

벤볼리오 사랑 말인가?

로미오 사랑하는 여인의 마음을 못 받아 그 밖에 있네.

벤볼리오 아, 보기에는 그렇게도 양순한 그놈의 사랑이
실제로는 그렇게도 폭군처럼 거칠게 굴다니.

로미오 아, 시야가 항상 가려져 있는 그 놈의 사랑은
보지 못해도 욕망에 이르는 길을 찾기 마련인 법.
어디서 밥을 먹지? 아 참, 이곳에서 소동이 있었다지?
이미 다 들었으니 말해줄 필요는 없네.
싸움은 증오와 관련이 있지만 사랑과는 더 관련이 깊다네.
그렇다면 아, 다투는 사랑, 아, 사랑하는 증오라네.
오, 처음에는 무에서 만들어진 것이여,
오, 무거운 가벼움, 육중한 바람이여,

멋들어진 외양을 갖춘 못생긴 혼돈이여,
납으로 된 깃털, 빛나는 연기, 차가운 불, 병든 건강,
겉과 속이 다른 항상 깨어있는 잠이여.
이곳에서 사랑을 느끼지 못하는 이놈의 사랑을 나는 느끼고 있네.
자네는 웃지도 않는가?

벤볼리오 아니 울고 싶을 지경이야.

로미오 무엇 때문에?

벤볼리오 그대 착한 마음이 억눌려 있기에.

로미오 그래, 그런 것이 사랑의 죄라네.
내 자신의 슬픔이 이미 내 심장에 가득한데
자네는 여기에 자신의 슬픔을 더하여 바깥에
퍼뜨릴 심산이군. 그대가 보여준 사랑은
이미 넘치는 내 슬픔을 더할 뿐이네.
사랑이란 한숨의 입김으로 만들어진 연기.
그 연기 거두어지면 연인들의 눈에서 타오르는 불길.
그 연기 헤집어놓으면 사랑의 눈물로 채워진 바다.

이것 말고 다른 무엇이란 말인가? 가장 총명한 광기,
숨 막히는 쓴맛과 오랫동안 목숨을 부지하는 단맛.
또 봅시다, 사촌.

벤볼리오 잠깐, 같이 갈 거야.
이런 식으로 혼자 가는 것은 아니지.

로미오 제길, 나는 이미 제 정신이 아니니 이곳에 없는 셈이야.
이건 로미오가 아니고 어떤 다른 곳에 있어.

벤볼리오 진심으로 말해주게. 사랑하는 사람이 누구인가?

로미오 아니, 슬픔의 신음가운데 어떻게 말하란 건가?

벤볼리오 신음이라니, 그런 뜻이 아닐세.
진심으로 누구인가?

로미오 임종의 병자가 진정 유언장을 만드는 법.
이렇게 아픈 사람에게 매정하게 진실을 강요하다니.
진실을 말하자면 한 여인을 사랑하고 있네.

벤볼리오 자네가 사랑에 빠졌다고 생각했을 때 그 정도는 맞췄지.

로미오 명사수로군. 내 사랑은 아름다운 여인이라네.

벤볼리오 훌륭한 사촌이여, 과녁이 예쁘고 또렷하면 맞추기 쉽다네.

로미오 그 점에선 확실히 오발이군. 그녀는 큐피드의 화살로
맞출 수가 없다네. 그녀는 다이아나의 지혜를 지녔고
처녀의 강한 갑옷으로 단단히 무장을 하고 있어
큐피드의 약한 장난기어린 활로는 어림도 없지.
사랑의 밀어의 포위에도 굴하지 않고
쏘아대는 눈빛의 공격도 마주치지 않고 피해버린다네.
성자라도 홀릴 황금에도 다리를 벌리지 않지.
아, 그녀는 아름다움에 있어 너무나 부자이지만 유일한 가난은
그녀가 죽게 되면 그녀와 함께 미의 창고가 사라진다는 것이네.

벤볼리오 내 말을 듣게. 그녀 생각을 잊어버리게.

로미오 아, 내게 생각하지 않을 방법을 가르쳐 주게나!

벤볼리오 자네 눈에 자유를 주면 되지.
다른 여인들을 찾아보게.

로미오 그런 방식은
그녀의 지고한 아름다움을 더욱 도드라지게 할 뿐이네.
아름다운 여인들의 이마에 입 맞추는 행복한 가면들은
그 검은 색으로 아름다움을 숨기고 있음을 환기시켜 준다네.
번개 맞아 눈 먼 자는 두 눈으로 보았던 그 소중한 보석을
잊을 수가 없는 법이지.
더할 나위 없이 아름다운 여인을 내게 보여주게나.
그녀의 아름다움은 그 더없는 미모를 능가한
내 여인의 아름다움을 기록해둘 공책이나 되겠지.
잘 가시오. 사촌은 내게 잊는 법을 가르쳐줄 수가 없네.

벤볼리오 그 충고를 되갚아 주리라, 아니면 채무자로 죽던지.

(퇴장)

1막 2장

(카풀렛 경, 패리스 백작, 하인 한 명 등장)

카풀렛 그렇지만 몬테규도 나만큼이나 규제를 받았고
똑같이 징벌도 받았죠. 우리 같이 늙은이들이
평화를 지키는 것은 어려운 일이 아니지요.

패리스 두 분 모두 훌륭하신 분들이
이렇게 오랫동안 불화를 겪으셨다니 애석한 일입니다.
그럼 이제 이 청혼에 대한 답을 주시지요?

카풀렛 그건 전에 드린 답과 같습니다.
여식이 아직 세상 애송이입니다.
아직 열네 살도 되지 않았습니다.

두 번 더 여름이 지나고 나면
배필이 되기에 적당한 나이가 될까 합니다.

패리스 그만 못한 나이에도 얼마든지 현모양처가 되었소.

카풀렛 때 이른 혼사는 망치기 일쑤입니다.
딸아이는 내가 세상에서 가진 유일한 희망입니다만,
구애를 해서 그 아이 마음을 잡으세요, 백작님.
내 뜻보다 그 아이 동의가 중요하고,
아이가 좋다면 제 찬성과 동의는,
아이의 선택여부에 달려있죠.
오늘 저녁에 늘 해오던 잔치를 벌일 것인데
마음에 드는 여러 손님들을 초대해 놨습니다.
백작께서도 그 중 한분이니 오셔서 자리를
빛내주십시오.
오늘 밤 누추한 제 집에서 어둔 하늘을 밝히는
지상의 뭇 별들을 보십시오.
화려하게 차려입은 사월이 절뚝거리는 겨울의
발꿈치를 밟을 때 활기찬 젊은이가 느끼는
그런 위안과 기쁨을 오늘 밤 저의 소택
신선한 깔때기 꽃들 가운데서 누리시게 될 겁니다.

모두 듣고 모두 보시고서 가장 마음에 드시는
여인을 고르십시오. 보시면 아시겠지만
그 처자들 중 한 명인 제 아이가
백작님 배필로는 부족하겠지만 그 중 으뜸일 것입니다.
자, 저와 함께 가지죠. (하인에게) 여봐라, 아름다운
베로나 시내를 돌아다니며 여기 이름이 적힌
분들을 찾아서 그분들께 일러라
우리 집으로 그들을 기꺼이 초대하니 왕림해 주십사 한다고.

(카풀렛과 패리스 퇴장)

하인 여기 이름이 적힌 분들을 찾아낸다! 구두장이는 양모를 다루고 양복장이는 가죽을 다루고 어부는 펜을 다루고 환쟁이는 어망을 다룬다고 쓰여 있다는 얘기는 들어봤지. 여기 이름이 적힌 인물들을 찾아내라는 심부름을 받았는데 무슨 이름들이 적혀있는지를 알 수가 없단 말이야. 글자를 아는 사람한테 가봐야겠군. 때마침 잘 됐군!

(벤볼리오와 로미오 등장)

벤볼리오 쳇, 한쪽 불로 다른 쪽 불을 끄고
고통은 다른 고통으로 줄어드는 법이야.
돌아서 어지럽게 되면 거꾸로 돌면 나아지지.

지독한 슬픔은 다른 슬픔으로 치유되는 법이지.
자네 눈에 새 눈병을 얻게 되면
옛 눈병의 지독함은 사라지게 될 것이야.

로미오 그런데는 파초 잎이 즉효지.

벤볼리오 뭐에 즉효라고?

로미오 정강이 부러진데.

벤볼리오 아니 로미오, 자네 미쳤나?

로미오 미친 것이 아니라 미친 사람보다 더 속박되어 있다네.
먹을 것도 없이 감옥에 갇혀서
회초리를 맞고 고문을 받고 — (하인을 보고서)
여보게, 안녕하신가?

하인 안녕하신지요. 글을 읽으실 수 있으시지요?

로미오 불행에 처한 내 운명을 읽을 수 있다네.

하인 아마도 그것은 책 없이 배우셨겠죠.
그런데 글자를 보면 읽으실 수 있나요?

로미오 아는 글자와 아는 언어라면 그렇다네.

하인 솔직하시군요. 그럼 안녕히 계십시오.

로미오 여보게, 잠깐. 글을 읽을 수 있네. (편지를 읽는다)

마티노 씨와 부인과 그 딸들
안셀름 백작과 그의 아름다운 누이들
비트루비오의 미망인
프라첸시오 씨와 그의 사랑스런 질녀들
머큐쇼와 그의 동생 발렌타인
숙부 카풀렛과 숙모와 딸들
내 아름다운 질녀 로살린과 리비아
발렌시오 씨와 그의 사촌 티볼트
루시오와 활달한 헬레나

근사한 모임이군. 이들이 다 어디로 모이나?

하인 위로요.

로미오 어디? 만찬에?

하인 저희 집으로요.

로미오 누구 집이라고?

하인 제 주인 집이요.

로미오 그래 진즉 그렇게 물었어야 했는데.

하인 이제 물으실 필요 없이 대답해드리죠. 제 주인은 부호 카풀렛 경입니다.
도련님이 몬테규 가문 사람이 아니라면 오셔서 술 한 잔 하십시오. 그럼 안녕히.

(퇴장)

벤볼리오 카풀렛 가의 유서 깊은 잔치 상에서
그대가 사랑하는 아름다운 로잘린이 저녁을 먹는다네,
베로나의 모든 숭앙받는 미인들과 더불어.

그렇다면 가서 공정한 눈으로
내가 선보일 미녀와 그녀의 얼굴을 비교해보게나.
그러면 그대의 백조가 까마귀임을 알게 될 거야.

로미오 변함없이 충실한 내 눈이
그런 거짓을 믿게 된다면 눈물은 불길로 변할 것이고,
비록 자주 물에 빠졌지만 익사하지 않았던 이들
투명한 변절자들은 위선자들로 화형에 처해질 것이야.
내 여인보다 아름다운 여인이라니! 만물을 굽어보는 태양도
태초 이래로 그녀와 버금가는 여인을 보지 못했네.

벤볼리오 제길, 자네는 곁에 아무도 없을 때만 그녀를 보았군,
양쪽 눈에 각각 그녀만을 들어앉힌 채로.
그러나 그 투명한 저울추에 내가 자네에게
오늘 저녁 잔치에서 보여줄 다른 빛나는 여인을
달아보게나.

로미오 그런 미인을 보러 가는 것이 아니라 단지
내 여인의 찬란함을 즐기러 갈 뿐이네.

(퇴장)

1막 3장

(카풀렛의 부인과 유모 등장)

카풀렛 부인 유모, 딸아이가 어디 있지? 내게 불러다 주게나.

유모 내 열두 살 때 지켰던 순결에 맹세코
오라고 했습죠. 아 내 어린 양! 아 내 예쁜이!
맙소사, 아가씨가 어딜 갔지? 줄리엣!

(줄리엣 등장)

줄리엣 아니, 누가 찾으세요?

유모 어머니가.

줄리엣 어머니 여기 왔어요. 무슨 일이시죠?

카풀렛 부인 일인즉슨 이렇다. 유모 자리 좀 잠시 비켜주오,
은밀히 할 얘기가 있으니. 유모, 다시 이리 오게나.
생각해 보니 유모도 우리 얘기를 들어야겠어.
유모도 딸의 과년함을 알고 있겠지.

유모 그럼요, 시까지 정확하게 알고 있죠.

카풀렛 부인 아직 열 넷은 아니지.

유모 내 이빨 열네 개를 걸고 맹세하고 싶지만
슬프게도 넷밖에 남아 있지 않네요.
암요, 열네 살은 안 먹었죠. 입추까지 얼마나 남았죠?

카풀렛 부인 한 보름 정도.

유모 일 년 중 어느 날이 되었건 간에
입추 날 저녁이 되면 아가씨는 열네 살이 됩니다.
수잔과 아가씨는 동갑이었습니다. 하나님 품에 안긴
수잔과 다른 영혼들에게 평화가 있기를.

내겐 너무 착한 딸이었죠. 앞서 말했듯이
입추 저녁이 되면 열네 살이 됩니다.
그렇고말고요! 분명히 기억합니다.
지진이 있은 지 십일 년이 되었고
그때 젖을 떼었으니 일 년 365일 하 많은 날 중에
그날을 어떻게 잊을 수 있겠습니까?
그때 젖꼭지에 소태를 바르고
비둘기 집 벽 아래 햇빛을 쐬며 앉아 있었지요.
주인님과 마님은 그때 만투아에 가고 안 계셨고요.
아니 내 기억이 분명하다고요. 앞서 말씀드렸듯이
아가씨가 내 젖꼭지에 바른 쓰디쓴 소태를 빨았을 때
신경질을 부리며 젖꼭지에서 떨어져 나가던 모습이 선합니다.
비둘기 집이 말했죠, "지진이다"라고요. 정녕 나더러 피하라고
말할 필요가 없었죠.
벌써 십일 년 전이군요.
그때 아가씨는 혼자, 아니 막대기를 붙들고 설 수 있었고
사방을 헤집고 달려 다닐 수 있었죠.
심지어 그 전날에는 넘어져 이마를 찧었죠.
그러자 내 남편이—하나님 그의 영혼을 살피소서,
그는 참 쾌활한 남자였죠—아이를 안아 일으켰죠.

남편이 "그래 앞으로 넘어졌니? 이제 더 철이 들면
뒤로 넘어질 것이야. 안 그래, 얘야?"하고 말했죠.
성모께 맹세코 말이지만
아가씨는 그러자 울음을 그치고 "그래요"라고 대답했죠.
그런 농담이 이제 현실이 될 줄이야 누가 알았겠어요!
절대로 그 일을 잊지 못할 거예요. "안 그래, 얘야?"하고 남편
이
말하자 귀여운 아기씨가 울음을 멈추고 "그래요"라고 대답했
죠.

카풀렛 부인 이제 되었네. 그만 해 두게.

유모 알겠습니다, 마님. 그렇지만 아기씨가 울음을 그치고 "그래요"
라고
대답한 일을 생각하면 웃음을 참을 수가 없군요.
장담하건데 아가씨 이마에 어린 수탉 불알만한
혹이 생겼죠.
큰일 날 뻔했죠. 얼마나 울어대던지.
남편이 말했죠, "그래 앞으로 넘어졌나?
이제 나이가 들면 뒤로 넘어지게 될거야.
안 그래, 아가씨?" 그러자 울음을 그치고 "그래요"하고 대답

했죠.

줄리엣 유모 제발 이젠 좀 그만하지.

유모 가만 계세요. 이제 다 말했습니다. 하느님 은혜로
아가씨는 지금껏 내가 돌본 아이 중에서 가장 예뻤어요.
언젠가 아가씨 결혼식을 보게 되면
소원이 없겠어요.

카풀렛 부인 그래, 그 "결혼"이란 말이 바로 내가 하려고 하는
말일세. 내 딸 줄리엣아, 결혼에 대한 너의 의향은 어떤지 말
해주렴.

줄리엣 제가 꿈도 못 꿀 영광스런 일이지요.

유모 영광이라고! 나 혼자만 아가씨 유모가 아니라면
내 젖을 먹고 그렇게 똑똑하게 되었다고 말하고 싶군요.

카풀렛 부인 자, 이제부터는 결혼을 생각해라. 이곳 베로나에선 너보다
어린 규수들이 이미 어머니가 되었단다. 내 계산으로는
나도 네가 아직 처녀로 남아 있는 그런 나이에

너를 낳았단다. 요점을 말하면 이렇다.
용맹스런 패리스가 너를 배필로 맞아들이고 싶어 한다.

유모 아가씨, 남자지요. 마님, 그런 남자는 온 세상 사람들이 — 그래요,
그는 미끈하게 생긴 사람이지요.

카풀렛 부인 베로나의 여름에도 그런 꽃은 없단다.

유모 맞아요, 그는 꽃이지요, 그렇고말고요.

카풀렛 부인 네 생각은 어떠니? 그 양반을 사랑할 수 있겠니?
오늘 저녁 집안 잔치에서 그분을 뵙게 될 거다.
젊은 패리스의 얼굴을 잘 살펴서
조물주가 만들어준 그 조각 같은 그 미모를 만끽하도록 해라.
이목구비가 어우러져서 얼마나
서로를 만족스럽게 돋보이게 하는지 잘 살펴보아라.
그의 얼굴에서 희미하게 가려진 부분들은
그의 훤한 눈동자에서 빛나고 있을 것이다.
사랑이란 이 소중한 책, 아직 장정되지 않은 이 연인은
단지 자신을 아름답게 꾸며줄 책표지가 없을 뿐이다.

물고기가 바다에서 사는 법이듯 외면의 아름다움이 내면의
아름다움을 덮어주는 것은 자랑스러운 일이란다.
황금장정으로 황금빛 이야기를 소중하게 담고 있는
그 책은 남자들의 눈에는 영광을 나누는 일이란다.
패리스와 결혼하게 되면 그가 가진 모든 것을
나누게 될 것이고 너 자신도 작아지지 않을 거야.

유모 작아지지 않는다고요? 아니죠, 더 커지죠. 여자는 남자로 인해 몸이 불죠.

카풀렛 부인 짧게 대답해라. 패리스의 사랑을 받아들이겠니?

줄리엣 보아서 좋아진다면 좋아하도록 바라보겠습니다.
그렇지만 어머니가 좋아하시는 한도 안에서만 눈길을
주겠습니다, 그 이상은 아닙니다.

(하인 등장)

하인 마님, 손님들은 도착했고 저녁상은 차려졌고 마님을 부르고 아가씨를 찾고 부엌에선 유모가 없다고 욕을 해대고 만사가 어지럽고 급합니다. 저도 시중들러 가야겠으니 곧장 뒤따라 오십시오.

(퇴장)

카풀렛 부인 곧장 따라 가겠다. 줄리엣아, 백작님이 기다리신다.

유모 아가씨 가서 행복한 낮에 이어 행복한 밤을 즐기세요.

(퇴장)

1막 4장

(로미오, 머큐쇼, 벤볼리오, 대여섯 명의 가장무도꾼들, 횃불꾼들과 함께 등장)

로미오 자, 소개를 하고 가면극을 시작할까
아니면 사설 없이 바로 시작할까?

벤볼리오 긴 사설은 유행이 지났지. 우린
타타르 사람의 색칠한 오리나무 활을 들고
까마귀 떼를 쫓는 허수아비처럼 여인들을 겁먹게 하는
수건으로 눈을 가린 큐피드를 등장시킬 것도 아니고,
장막 뒤 변사의 목소리를 따라 희미한 소리로
우리의 등장을 알릴 서곡도 사용하지 않을 것이야.

로미오 내게 횃불을 주게나. 춤출 기분이 아니네.

마음이 무거우니 내가 횃불을 들겠어.

머큐쇼 아니지 로미오, 같이 춤을 춰야지.

로미오 정말 아니네. 자네들은 발굽 미끈한 무도화를 신었지만
나는 마음이 천근만근이어서
땅에서 발을 한 뼘도 움직일 수가 없어.

머큐쇼 자네는 사랑에 빠졌으니 큐피드의 날개를 빌려
보통 사람들보다 더 높이 날아올라야지.

로미오 그의 화살이 너무나 깊숙이 박혀
그의 가벼운 깃털로도 날아오를 수 없고 몸은 꽁꽁 묶여서
무거운 슬픔을 털고 창공으로 솟을 수도 없다네.
사랑의 육중한 무게에 눌려 나는 가라앉는다네.

머큐쇼 사랑 속에서 가라앉는다는 것은 사랑을 억누른다는 것인데,
그 연약한 것에게는 너무나 무거운 짐이라네.

로미오 사랑이 연약하다고? 아니지, 너무 거칠고
무례하고 아프게 까칠해서 가시처럼 찌른다네.

머큐쇼 사랑이 자네에게 거칠게 굴거든, 자네도 사랑을 거칠게 대하게.

찌르거든 같이 찔러주면 사랑을 쓰러트리는 거야.

내 얼굴을 숨길 가면을 주게.

가면 같은 얼굴에 가면이라! 눈 밝은 사람들이

내 얼굴의 흠집을 찾아낸들 무슨 상관이야?

이 눈썹 짙은 가면이 내 대신 얼굴을 붉히겠지.

벤볼리오 자, 기척을 하고 들어가서 곧장

각자 춤을 추기 시작합시다.

로미오 내게 횃불을 주게나. 마음이 가벼운 한량들이나

마당에 깔아놓은 골풀을 마음껏 밟아주게.

나는 옛 격언에 말한 대로

촛불이나 들고 구경이나 하겠어.

무도가 지금 한창이니 나는 가만히 빠지겠네.

머큐쇼 쳇, "가만히 멈춰서라"는 순사의 말이지.

자네가 빠졌다면 내가 그 수렁에서 건져주지,

수렁이 아니라면 미안하지만, 자네가 귀까지 빠져있는

그 사랑에서 건져주지. 자, 시간낭비 그만하고 가지.

로미오 아니, 그게 아니지.

머큐쇼 내 말은 머뭇거리다가
횃불만 태우며 쓸데없이 훤한 대낮에 불을 밝히는 꼴이라는 거지.
선의로 해석하게, 우리의 판단력은 오감과 기지보다는 다섯 배나 선의의 해석에 있는 법이니까.

로미오 이 가면무도회에 참석하는 우리의 의도는 좋지만
가는 것이 현명한 것 같지는 않아.

머큐쇼 아니 무슨 뜻이야?

로미오 어제 저녁에 꿈을 꿨네.

머큐쇼 나도 마찬가지일세.

로미오 그래, 무슨 꿈을 꿨나?

머큐쇼 꿈은 흔히 거짓이라는.

로미오 진실한 것을 꿈꾸는 동안 침상에 잠들어 누워있지.

머큐쇼 그렇다면 잠의 요정 맵 여왕께서 자네와 함께했군.

맵 여왕은 요정들의 산파요

시의원님의 둘 째 손가락에 낀

호박 반지만한 크기로 먼지보다 작은

무리들이 이끄는 마차를 타고

잠든 사람들의 콧잔등으로 찾아오지.

그녀의 마차는 태곳적부터 요정들의 마차 제조업자들인

다람쥐 목수 아니면 늙은 나무벌레가

만든 빈 개암열매 껍질이고,

마차 바퀴살은 긴 거미다리로

덮개는 메뚜기 날개로

고삐는 작은 거미집으로

목줄은 흐르는 달빛으로

채찍은 귀뚜라미 뼈로, 가죽 끈은 거미줄로 만들어졌고

마차꾼은 게으른 식모의 손가락에서 뽑아낸

작고 둥근 벌레의 절반 크기에도 미치지 못하는

회색 외투를 입은 작은 하루살이지.

이 화려한 모습으로 그녀가 밤마다

연인들의 머리위로 마차를 몰아대면 연인들은 사랑을 꿈꾸지.
조신들의 무릎 위로 몰아대면 그들은 곧장 아첨을 꿈꾸고
변호사들의 손가락 위로 오면 그들은 곧장 수임료를 꿈꾸지.
여인들의 입술로 가면 그들은 곧장 입맞춤을 꿈꾸지.
하지만 심술궂은 맵이 그네들의 향수뿌린 입김 때문에
화가 나서 입술에 물집이 잡히게 하지.
때로 그녀는 조신의 콧잔등 위로 마차를 달리지.
그러면 곧장 그는 소송의 낌새를 맡는 꿈을 꾸게 되지.
때로 그녀는 공물로 바칠 돼지의 꼬리를 가지고 와서
잠들어 있는 목사의 코를 간지럽히지.
그러면 목사는 새로운 녹봉을 꿈꾸지.
때로 그녀가 군인의 목 위로 마차를 몰면
그는 적의 목을 자르는 일, 요새의 틈새,
기습공격, 스페인 산 검, 오 척 잔의 건배를 꿈꾸지.
그리고는 곧장 귀청을 때리는 북소리에 놀라 잠에서
깨어 소스라친 후 한두 번 기도를 올리고서
다시 잠들어 버리지. 밤에 말의 갈기를 꼬아놓는 것도
바로 맵 여왕이고, 불결한 여인들의 머리칼을 덩이지게 하는 것도
그녀라네. 이 머리 풀어헤치면 큰 불행을 가져오는 법이지.
처녀들이 똑바로 누워있을 때 이들을 억눌러

무게를 견디는 법을 처음 가르치고
이들로 하여금 진중한 어머니로 만드는 이도 이 노파라네.
이것은 그녀가 —

로미오 그만, 그만. 머큐쇼, 이젠 그만.
헛소리 그만하게.

머큐쇼 아니 나는 꿈 얘길 하는 걸세.
꿈이란 헛된 망상에서 생겨난
부질없는 머릿속 산물이야.
공기처럼 실체도 없고
얼어붙은 북녘의 심장을 구애하다가도
화가 나면 그곳에서 휙 빠져나와
이슬방울 떨어지는 남녘을 향해 옆구리를 트는
바람보다 변덕스런 요물이지.

벤볼리오 자네가 말하는 이 바람이 우리의 항로를 이탈시키고 있네.
만찬도 끝났겠군. 너무 늦었어.

로미오 너무 일러서 걱정이라네. 오늘 저녁 잔치와 더불어
아직은 알 수 없는 뭔가 중요한 사건이 그 운명의 시간을

시작하게 되고 끔찍한 벌금 같은 때 이른 죽음으로
내 가슴 속에서 그 비참한 생을 마감하게 될까
마음이 두렵고 심란하네.
그러나 내 항로의 키를 잡고 있는 그 자가
내 길을 인도하시길. 자 친구들이여, 갑시다.

벤볼리오 북을 울려라.

1막 5장

(그들은 앞장에 이어서 무대 주변을 거닐고 앞치마를 두른 하인들 등장)

집사장 포트팬은 어디 있기에 치우는 일에 일손을 보태지 않지? 그에게 쟁반을 치우고 쓸어 담으라고 해라.

하인 1 한두 사람의 손에, 그것도 씻지 않은 손에 예법이 달려있을 때, 그 예법이란 더러운 것이 되지요.

집사장 장의자를 치우고, 찬장을 옮겨가고, 식기들을 챙기게. 자네 내게 빵 한 조각 남겨주고 문지기더러 수잔 그라인드스톤과 넬과 안토니와 포트팬을 들여보내라고 이르게.

하인 2　그러죠. 여보게, 들었지.

집사장　대청에서 자네를 찾고 부르고, 부르고 찾느라 야단이야.

하인 3　이 몸이 두 개면 좋겠네요. 여보게들, 기운을 내게. 오래 사는 것이 장땡이야. (퇴장)

(카풀렛, 카풀렛 부인, 줄리엣, 티볼트, 유모, 패리스 백작, 사촌 카풀렛, 티볼트의 시종, 다른 시종들과 손님들, 귀부인들이 무대 위의 가면무도꾼들과 합류한다)

카풀렛　여러분들 잘 왔소. 엄지발가락이 삐뚤어지지 않은
여인들은 이분들과 한 마당 춤을 추시오.
여기 모인 여인네들 중에서 누가 춤추는 것을
마다하겠소? 점잔 빼는 아가씨는
정녕 발가락이 삐뚤어진 사람이오. 자 이제 준비되었습니까?
여러분들 다시 한 번 환영하오. 나도 가면을 쓰고 아름다운
여인의 귀에 밀어를 속삭이던 그런 즐거운
한때가 있었소. 그러나 다 옛일, 다 가버린 옛날이오.
잘 왔소, 여러분들. 자 악사들은 풍악을 울려라.
(풍악에 맞춰 다들 춤춘다.)

자리를 치워라, 자리를! 자리를 비우고 춤을 추시오, 아가씨들.
하인들은 불을 더 밝히고 식탁을 접어 옮기고
아궁이 불을 꺼라, 방이 너무 뜨겁다.
숙부님, 이 예기치 않았던 가면무도꾼들이 때맞춰 왔소.
아니지요, 아니지요, 숙부님은 앉아 계십시오.
숙부님이나 저나 춤출 나이는 지났지요.
숙부님이나 저나 마지막으로 가면무도회에 참석했던 적이 언제였지요?

카풀렛 숙부 성모께 맹세코 30년 전 일이네.

카풀렛 아니, 그렇게 오래 되지는 않았지요, 그렇게 오래는요.
루센시오의 결혼식 때였으니까 돌아오는 유월제 날이 되면 약 25년 전이지요. 그때 우리 모두 가면무도를 즐겼죠.

카풀렛 숙부 더 오래 전이지, 더 오래 전, 그 아들이 나이를 먹었으니, 이제 삼십 살이라네.

카풀렛 설마요.
불과 이년 전만 해도 미성년자였는걸요.

로미오 (하인에게) 저기 있는 기사의 손을 잡고 있는 저 여인은 누구인고?

하인 모르겠습니다요.

로미오 아, 그녀는 밝은 횃불을 무색케 하는구나.
온 세상을 주고도 살 수 없고 너무 아름다워 차기에도 아까운
흑인의 귀에 달린 값진 보석처럼
마치 밤의 뺨에 매달려 있는 것 같구나.
흰 비둘기 한 마리 까마귀 떼와 노니는 듯
저기 저 여인은 그녀의 무리 속에서 돋보이는구나.
춤이 끝나거든 그녀가 멈추어 있던 곳에 가
그 자리 손으로 만져 내 거친 손을 복되게 해야지.
내 심장이 지금껏 사랑을 품었단 말인가? 아서라, 눈이여,
오늘 저녁에야 진정한 미인을 보았구나.

티볼트 목소리로 보아 이자는 틀림없이 몬테규가 사람이구나.
얘야, 내 칼을 가져오너라. (시종 퇴장)

아니, 저 녀석이 기괴한 가면을 쓰고

이곳에 와서 우리 집안 잔치를 조롱하고 비웃을
생각을 감히 했단 말이야?
조상의 명예와 가문의 뿌리에 맹세코
저자를 찔러 죽이는 일은 죄가 아니지.

카풀렛 아니 여보게 조카, 무엇 때문에 그렇게 잔뜩 화가 나있나?

티볼트 숙부님, 이놈은 우리의 적인 몬테규 가문 사람입니다.
오늘 저녁 우리 잔치를 비웃을 악심을 품고
이곳에 찾아온 놈이죠.

카풀렛 젊은 로미오란 말이지?

티볼트 맞습니다, 그 로미오란 놈입니다.

카풀렛 마음 쓰지 말고 그를 가만 두게나.
그는 훌륭한 양반답게 처신하고 있고,
사실을 말하자면 온 베로나 사람들이
유덕하고 똑바른 젊은이라 그를 자랑하고 있다네.
이 도시의 모든 부를 다 준다고 해도 이곳 우리 집에서
그에게 불명예를 안기고 싶지는 않다네.

그러니 참고 못 본 척하게나.
내 뜻을 존중한다면 내 말을 듣고
호의를 보이고 얼굴을 펴고
잔치에 어울리지 않는 모습을 버리게.

티볼트 저런 녀석이 손님으로 왔다면 그래야죠.
저 불청객을 가만두지 않을 겁니다.

카풀렛 가만 두게나.
그래 가만 두라고 했겠다, 가만 두라고!
이집 주인이 나인가 조카인가? 그만 두게!
가만 두지 않겠다고? 맙소사,
자네는 내 집 손님들 사이에 분란을 만들고
기어코 사단을 시작해서 기백을 보이겠다 이거지!

티볼트 아니, 숙부님, 이건 치욕입니다.

카풀렛 그만 두게, 그만 둬.
참 불손하군. 꼭 그래야 된단 말인가?
내 말하지만 이 경거망동은 자네에게 손상을 끼칠 거야.
내 말을 거역하다니! 자, 이젠 얘기 끝났군 —

무례한 녀석 같으니. 가서 조용히 있어라, 아니면 —
불을 더 밝혀라, 불을 더 밝혀! — 부끄럽지 않도록
입 닫치게 해줄 테니. 자, 여보게들, 지화자!

티볼트 고집 센 분노와 강요된 인내심이 상극에서 만나니
내 온몸이 떨리는 구나.
내 물러가지만 지금은 달콤해 보이는 이 죄로 인해
가장 쓰라린 슬픔이 찾아올 것이다. (퇴장)

로미오 내 볼품없는 이 손으로 그녀가 멈췄던 이 성스런 자리를
만지는 것이 모독죄에 해당한다면,
두 수줍은 순례자들인 내 두 입술로 그 거친 손길에 입 맞추는
것은 죄악이 되겠구나.

줄리엣 착한 순례자여, 그대는 손을 너무 심히 나무라시는군요.
성자들도 손이 있어 순례자들이 그 손을 만지고
손바닥을 마주하는 일이 성스런 순례자들의 입맞춤이 되기에
그대 손은 착실하게 경배를 다하고 있건만.

로미오 성자들과 성스런 순례자들에겐 입술도 있지 않나요?

줄리엣 맞아요, 기도하는 입술이 있지요.

로미오 그렇다면 사랑스런 성자여, 손의 역할을 입술이 하게 허락해 주시오—
믿음이 절망으로 바뀌지 않도록 입술의 기도를 들어주소서.

줄리엣 기도를 허락할지라도 성자들은 감동하지 않습니다.

로미오 그렇다면 내 기도의 결실을 내가 맛보는 동안 움직이지 마시오.
(키스한다)
이렇게 그대의 입술로 인해 내 입술의 죄가 씻어졌나이다.

줄리엣 그렇다면 그대 입술의 죄를 내 입술이 간직한 셈이군요.

로미오 내 입술의 죄라고요? 아 얼마나 달콤한 유혹의 범죄인가!
내 죄를 되돌려주시오. (키스한다)

줄리엣 입맞춤이 능란하시군요.

유모 아가씨, 마님께서 찾으십니다.

(줄리엣이 어머니를 향하여 간다.)

로미오 어머니가 누구신가?

유모 총각,
아가씨 어머니는 바로 이집 안주인이시오.
현모양처이시지요.
지금 총각이 얘기를 붙인 그 딸을 내가 젖 유모로 키웠소.
내 장담하건대, 그녀를 차지하는 남자는
수지맞는 거요.

로미오 그럼 그녀가 카풀렛 가문이란 말인가?
아 낭패로구나! 내 목숨이 적의 손에 있다니.

벤볼리오 어서 가세, 여흥이 한창이니 지금이 갈 시간이네.

로미오 아 그래야지. 그럴수록 내 불안도 더해지는구나!

카풀렛 아니, 여보게들, 아직 파할 생각일랑 말게.
아직 가벼운 뒤풀이가 남아있네.

(그의 귀에 대고 속삭인다.)

그렇단 말이오? 그렇다면 다들 잘 가시오.
젊은 양반들, 고맙소이다. 다들 잘 자시오.
여기 횃불을 더 밝혀라! 자 그럼 다들 잠자리에 듭시다.
아니 정말 시간이 이렇게 늦었다니.
이제 잠자리에 들어야겠군.

(줄리엣과 유모만 남고 모두 퇴장)

줄리엣 유모 이리 오오. 저기 있는 저 양반이 누구지?

유모 늙은 티베리오의 아들이자 상속자이지요.

줄리엣 방금 문을 빠져나간 사람이 누구지?

유모 내 생각엔 그건 젊은 페트루치오입니다.

줄리엣 춤추지 않았던 바로 뒤따르는 그 남자는 누구지?

유모 모르겠는데요.

줄리엣 가서 그의 이름을 물어보게.

(유모 멀어진다.)

만일 그가 기혼자라면
내 무덤이 결혼 첫날밤의 침상이 되겠구나.

유모 (돌아오며)
그의 이름은 로미오이고 몬테규가 사람입니다,
철천지원수의 외동아들입죠.

줄리엣 누군지도 모르고 너무 일찍 봐버렸고 너무 늦게 알게 된
내 유일한 원수에게서 태어난 내 유일한 사랑이라니!
끔찍한 원수를 사랑해야한다니
내 사랑은 얼마나 불길하게 태어났는가.

유모 이게 무슨 소리요, 무슨 소리란 말입니까?

줄리엣 방금 전 춤출 때 배웠던 가락일세.

(안에서 줄리엣 부르는 소리.)

유모 곧 갑니다. 곧 가요.

자 갑시다, 손님들도 모두 갔으니.

(퇴장)

2막

(코러스 등장)

코러스 이제 옛사랑은 임종의 침상에 누워있고
젊은 애정이 후계자 되기를 바라고 있구나.
한때 신음 속에서 죽기로 사랑했던 그 미인은
이제 젊은 줄리엣에 견주니 아름답지 않구나.
둘 다 똑같이 아름다운 모습에 홀려
이제 로미오는 다시 사랑하고 사랑받게 되었구나.
그러나 그는 자신의 적에게 한탄을 해야 하고,
줄리엣은 무서운 낚시 바늘에서 달콤한 사랑의 미끼를
훔쳐야하는구나.
적이라 여겨지기에 로미오는 연인들의 흔한 맹세를
내뱉으러 줄리엣에게 갈 수도 없고,

마찬가지로 깊은 사랑에 빠진 그녀 역시 새 애인을
만날 길이 도대체 없구나.

그러나 격정은 그들에게 만날 힘을 주고 시간은 방법을 알려 주니
극단의 고통은 극단의 행복으로 단련되는구나.

(퇴장)

2막 1장

(로미오 혼자 등장)

로미오 내 마음은 이곳에 있는데 내 어찌 지나갈 수 있단 말인가?
무정한 지구여, 역회전으로 너의 중심을 드러내어라.

(물러간다.)

(벤볼리오와 머큐쇼 등장)

벤볼리오 로미오, 여보게 로미오, 로미오!

머큐쇼 맹세코 말하지만 로미오는 똑똑하게
몰래 빠져나가 집에 자러 간 거야.

벤볼리오 그는 이쪽으로 달아나서 이 정원 담을 뛰어넘었다네.
머큐쇼, 그를 부르게.

머큐쇼 아니, 주문을 외워서라도 불러내겠네.
로미오, 기벽, 광인, 격정, 연인이여,
하나같이 한숨의 모습으로 나타날지어다.
한 마디 운만 띄워준다면 나는 만족하겠다.
"아 내 팔자여"라고 외치고, "사랑"과 "비둘기"로 운을 맞추게 나.
내 친구 비너스에게 칭찬을 한 마디만 해주고,
코페투아 왕이 거지 처녀를 사랑했던 옛날 옛적에
비너스의 반쯤 눈먼 아들이자 상속자인
활 솜씨 좋았던 젊은 아브라함 큐피드에게
별명을 붙여주게나—
로미오 이 녀석은 듣지도, 꿈쩍도, 움직이지도 않는구나.
사랑하는 친구가 죽었으니 주문을 걸어야겠군.
로잘린의 붉은 두 눈과 그녀의 높은 이마와
그녀의 붉은 입술과 그녀의 예쁜 발과
미끈한 다리와 떨리는 허벅지와
거기 인접한 그곳에 대고 그대에게 주문을 거나니
그대는 원래의 모습대로 우리에게 나타날지어다.

벤볼리오 로미오가 자네 말을 들으면 자네에게 엄청 화를 내겠어.

머큐쇼 이거야 화나게 할 이유가 없지. 그의 애인의 허리 한 복판에다
낯선 사내의 물건을 가져다가 그녀가 그놈을 요술을 걸어
주저앉게 할 때까지 세워놓는다면 그거야 화가 날
일이 되겠지. 그건 악의적인 일이 되겠지. 그러나 내 주문은
정직하고 선한 것이야. 그의 애인의 이름으로
나는 그를 불러일으켰을 뿐이야.

벤볼리오 자, 로미오는 이 밤의 기운과 벗하기 위해서
이 나무들 사이로 몸을 숨겼네.
그의 사랑은 눈멀었으니 어둠이 제격이겠지.

머큐쇼 사랑이 눈멀었다면 그 놈은 과녁을 맞힐 수 없겠지.
이제 그는 모과나무 아래 앉아서 자신의 애인이
처녀들이 혼자서 낄낄거리며 모과를 불러 이르는
바로 그 이름의 물건이었으면 하고 바라고 있을 거야.
아 로미오, 로잘린이, 오 그녀가 넓적한 모과이고
너는 뾰쪽한 배였으면 얼마나 좋을까!
로미오, 잘 자라, 나도 내 접이식 침상으로 가야겠다.
이 야전 침대는 내가 잠들기에는 너무나 추워.

자 우리 가볼까?

벤볼리오 그럼 가세, 숨으려는 사람을 이곳에서 찾으려 해봐야 소용없는 짓이네.

(벤볼리오와 머큐쇼 퇴장)

2막 2장

로미오 (무대 앞으로 나오며)

머큐쇼 저 자는 남의 다리 긁고 있군.
그러나 가만, 저 유리창에 비치는 불빛은 무엇이지?
그곳은 동쪽, 줄리엣은 태양.
아름다운 태양이어, 솟아 시샘하는 달을 죽여 다오.
달은 이미 슬픔으로 병들고 파리해
달의 시녀인 그대는 달보다 더 아름답구려.
시샘이 심하니 달의 시녀가 되지 마시오.
그녀의 사제복은 푸르스름한 병자의 색깔,
얼간이들이나 입는 옷. 그걸 벗어 던져버리시오.

(줄리엣이 이층 난간에 등장한다.)

아 내 사랑, 나의 여인이여!

아, 그녀가 이 사실을 알아주면 좋으련만!
그녀가 입을 열지만 아무 소리도 들리지 않는구나. 아무러면 어때?
그녀의 두 눈이 말하니 대답을 해야겠구나.
나를 향해 말하는 것이 아닌데 내가 너무 서두르는군.
볼일이 있어 출타한, 하늘에서 가장 빛나는 두 별이
자신들 돌아올 때까지 자신들 자리에서 대신 비춰달라고
그녀의 두 눈에게 부탁을 했구나.
그녀 두 눈이 그들 별자리에 있고, 그들이 그녀 얼굴에 박혔다면?
대낮이 등불을 무색케 하듯이 그녀의 빛나는 뺨은
이 별들을 무색케 하겠지. 하늘에 박힌 그녀의 두 눈은
창공을 가로질러 너무나 밝게 빛나
밤이 가신 줄 알고 새들은 노래하겠지.
손에 뺨을 기대는 저 모습 좀 봐.
아, 그 손에 낀 장갑이 되었으면
내 그 뺨을 만졌을 텐데!

줄리엣 아 아!

로미오 그녀가 입을 여는군.

아, 빛나는 천사여 다시 말을 하시오.
하늘의 날개 달린 전령이
천천히 부풀어 오르는 구름을 가로질러
하늘 한 복판을 달려갈 때
놀란 인간들이 고개를 뒤로 젖히고 눈 흰자를
드러내며 넋나가 쳐다보듯이 내 머리 위에 있는 그대는
오늘 밤 태양처럼 황홀하오.

줄리엣 오, 로미오, 로미오, 그대는 왜 하필 로미오입니까?
그대의 부친을 부정하고 그대 이름을 버리세요.
그렇지 않을 거라면 단지 내 애인이 되겠다고 맹세하세요.
그러면 내가 더 이상 카풀렛 가문사람이 되지 않겠어요.

로미오 더 듣고 있을까, 아니면 이제 대답을 할까?

줄리엣 내 원수는 단지 그대 이름뿐.
그대는 몬테규가 아니라 그대일 뿐.
몬테규가 무엇이람? 손도 아니요 발도 아니요,
팔도 아니요 얼굴도 아니요 신체 어느 다른 부위도
아니지. 아 이름을 바꾸세요!
이름이 무엇이람? 우리가 장미라 부르는 물건은

이름이 바뀌어도 여전히 향기로운 법이지.
로미오는 그 이름이 아니어도 여전히 지금의
그 소중한 완벽함을 간직하게 될 것이야.
로미오, 그대의 이름을 벗어 던지세요.
그대의 일부가 될 수 없는 그 이름 대신에
내 모든 것을 가지세요.

로미오 당신 말대로 하리다.
나를 애인이라고만 불러주면 당장 이름을 바꾸겠소.
이제부터는 나는 로미오가 아니라오.

줄리엣 이처럼 밤의 어두운 장막을 두르고 내 혼잣말을
엿들은 그대는 누구입니까?

로미오 이름으로 내가 누군지 그대에게 말 할 수가
없습니다. 아름다운 성자여, 내게도 내 이름이
끔찍하오. 그 이름 그대에게 원수이니
그 이름자 쓰여 있다면 찢어버리고 싶소이다.

줄리엣 내 두 귀 그대의 백 마디 말에도 아직
취하지 못했지만 그 목소리 알 것 같아요.

그대는 몬테규 가문 사람 로미오가 아니세요?

로미오 아름다운 아가씨, 그대가 싫다면 둘 다 아닙니다.

줄리엣 어떻게 무슨 볼일이 있어 이곳에 왔는지 말해주시겠어요?
정원 벽은 높아 오르기 힘들고
당신의 신분을 고려할 때 내 친척 중 한 사람에게라도
붙잡히는 날에는 장삿날이 될 터인데 말이에요.

로미오 담벼락도 사랑을 막을 수 없고
사랑은 시험할 수 있는 모든 일을 하는 법이니
사랑의 가벼운 날개로 이 벽들을 날아 넘었소.
그러니 그대의 친척들도 나를 막을 장애물이 못되지요.

줄리엣 발견되면 죽게 되실 거예요.

로미오 아아, 당신 친척들의 칼 스무 개보다도 그대의 눈에
더한 위험이 도사리고 있어요. 그대가 상냥한 눈길만 주시면
그들의 살의에는 끄떡도 없소이다.

줄리엣 제발 이곳에서 발견되지 않았으면 해요.

로미오 밤의 망토를 입었으니 그들의 눈에 띌 리가 없어요.
그대 사랑만 얻는다면 이곳에서 잡혀도 좋아요.
그대 사랑을 얻지 못해 죽음을 연장하기보다는
그들의 증오로 내 목숨이 끊어지는 것이 낫겠소.

줄리엣 누구의 안내로 이곳을 알아내셨나요?

로미오 처음으로 내 호기심을 발동시킨 사랑이죠.
사랑이 내게 충고와 눈을 주었소.
나는 항해사는 아니지만 그대가 아주 아득히 먼 바다
파도에 씻기는 광활한 해안만큼 멀리 있다 해도
그 보물을 찾아 나설 것이오.

줄리엣 그대 알다시피 밤의 가면이 내 얼굴을 덮었어요.
아니었으면 그대가 오늘 저녁 내 혼잣말을 들었기에
내 뺨은 처녀의 수줍음으로 붉어졌을 거예요.
기꺼이 격식을 차리고 싶고, 내 말을 부정하고 싶지만
그런 겉치레는 집어치울게요.
날 사랑하시나요? "그렇소"라고 대답하실 줄 아니
그 말을 믿지요. 그러나 그대가 맹세한다면
거짓일 수도 있어요. 연인들이 맹세를 저버림에

제우스신도 비웃는다고 하지 않던가요. 아 선량한 로미오님이여,
사랑하신다면 그렇다고 진실 되게 말해주세요.
나를 너무 쉽게 얻었다고 생각하신다면
나는 얼굴을 찡그리고 변덕을 부리며 당신을 거절하여
세상없어도 다시 구애하도록 하겠어요.
아름다운 몬테규여, 진실로 내가 너무 빠져서
나의 행동을 가볍다고 여길까 두려워요.
그러나 짐짓 일부러 모른척하는 그런 여인들보다
내 더욱 진실함을 믿어주세요.
고백하건대 나도 더욱 수줍음을 뺄 수 있었겠지만
그대는 나도 모르는 사이에 내 진실 된 사랑의 격정을
다 엿들어버렸어요. 그러니 부탁하건대 이 어둔
밤이 들춰내버린 이 고백을 가벼운 사랑이라
여기지 말아주세요.

로미오 아가씨, 이곳 과일나무들 꼭대기를 은빛으로 물들이고 있는
저 행복한 달에 맹세코—

줄리엣 저 변덕스런 달, 그 달에 대고 맹세하지 마세요.
달은 달마다 궤도를 바꾸니

그대 사랑 역시 그렇게 변할까 두려우니까요.

로미오 그럼 무엇에 대고 맹세하지요?

줄리엣 아무 맹세도 하지 마세요.
하려거든 훌륭한 그대 자신에 대고 맹세하세요.
그대는 내가 섬기는 우상 신이니
그대를 믿겠어요.

로미오 만일 내 가슴의 소중한 사랑이—

줄리엣 됐어요, 맹세하지 마세요. 내 비록 그대를 반기나
오늘 저녁 이 약속은 반갑지가 않네요.
이건 너무 급작스럽고, 무분별하고 성급한 것이라
"벼락이다"라고 말하기도 전에 그쳐버리는
벼락과 흡사하군요. 내 사랑, 잘 자요.
이 사랑의 꽃봉오리는 우리가 다음에 만날 때는
여름날의 뜨거운 입김을 받아 아름다운 꽃이 되어 있을 거예요.
잘 자요, 잘 가요, 그대 가슴에도 내 가슴 속만큼이나 달콤한
휴식과 평안이 찾아오기를!

로미오 아, 이렇게 서운하게 떠나시나요?

줄리엣 오늘 저녁 뭘 더 원하시나요?

로미오 서로 진실한 사랑의 맹세를 교환하는 일.

줄리엣 그대가 요구하기도 전에 그 맹세를 드렸지만
다시 되돌려 받았으면 해요.

로미오 아니 무슨 이유로 되가져가겠다는 거죠?

줄리엣 다시 진지하게 드리고 싶어서요.
제가 가진 그 한없는 사랑을 다시 드리고 싶어요.
내 사랑은 바다같이 끝없고 깊어서
더 드릴수록 더 많이 남아 있답니다.
둘 다 무한하니까요.
안에서 무슨 소리가 나네요. 안녕 내 사랑.

(유모가 안에서 부른다.)

곧 가요, 유모!— 사랑하는 몬테규, 정녕
잠깐만 기다려요, 다시 곧 오겠어요.

(퇴장)

로미오 아 더없이 행복한 밤이여! 밤이라
이 모든 것이 꿈일까 두렵구나.
너무나 달콤해서 꿈만 같으니까.

(줄리엣 발코니에 다시 등장)

줄리엣 사랑하는 로미오, 세 말씀만 더해주고 가세요.
그대 사랑하는 마음이 진실 되고
결혼을 원하신다면 내일 사람을 보낼 터이니
그 사람을 통해서 언제 어디서 결혼식을 올릴 것인지
말씀해 주시면 그대 발아래 내 모든 행운을 걸고
온 세상 끝까지 서방님으로 그대를 따르겠어요.

유모 (안에서) 아가씨!

줄리엣 곧 가요!—그러나 그럴 뜻이 없으시다면
부탁인데—

유모 (안에서) 아가씨!

줄리엣 지금 갑니다!—
청혼을 그만 두시고 슬퍼하도록 나를 내버려두세요.
아무튼 내일 사람을 보내겠어요.

로미오 정녕코—

줄리엣 그럼 천만 번 안녕!

(퇴장)

로미오 그대 빛이 없어 천만 번 유감이오.
학생이 책에서 멀어지듯 그렇게 재빠르게 사랑은 사랑을 향하지만
그 사랑에서 멀어짐은 찡그린 얼굴로 학교를 향한 발걸음 같다오.

(줄리엣 다시 등장)

줄리엣 조용, 로미오, 조용히! 아, 매 사냥꾼의 목소리로
이 훌륭한 수매를 다시 불러들일 수만 있다면—
그러나 매인 몸, 큰 소리쳐 부를 수가 없구나.
아니면 에코가 숨어있는 동굴을 부수고

에코로 하여금 "로미오"란 이름을 계속 외쳐대게 해
그녀 목을 나보다 더 쉬게 해주련만.

로미오 내 영혼의 그녀가 내 이름을 부르는구나.
쫑긋한 귀에 들리는 부드러운 음악처럼
연인의 목소리는 밤에 은 구슬 구르는 소리 같구나.

줄리엣 로미오!

로미오 내 어린 매여!

줄리엣 내일 몇 시에 사람을 보낼까요?

로미오 아홉 시에.

줄리엣 그러지요. 그때까진 한 세월이겠군요.
왜 내가 그대를 불러 세웠는지 까먹었어요.

로미오 기억할 때까지 여기 서있을 테요.

줄리엣 그대와 함께 있어 얼마나 좋은지만 기억하고 그대가 여기 계속 서있도록 기억하지 않으리다.

로미오 이 순간 말고는 모두 깡그리 잊은 채
그대가 계속 기억하지 못하도록 이곳에 서있을 요량이오.

줄리엣 벌써 동틀 무렵이군요. 이젠 그대가 가셨으면 하는 마음이지요.
그러나 쇠고랑을 찬 불쌍한 죄수처럼
손에서 풀어 주어 조금 날아오르게 하고선
곧장 비단실로 다시 잡아당기는
장난꾸러기 어린아이가 가지고 노는 새처럼
그렇게 연인의 자유를 사랑은 시샘한답니다.

로미오 내 그대의 새였으면 좋겠소.

줄리엣 달콤한 로미오, 저도 그래요.
그러나 너무나 쓰다듬다 죽이게 될 거예요.
잘 가요, 잘 자요. 헤어짐은 너무나 달콤한 슬픔,
아침이 될 때까지 계속 잘 자란 인사만 거듭할 판이군요.

로미오 그대 눈엔 숙면이, 그대 가슴엔 평화가 찾아오길!

내가 달콤한 안식인 숙면과 평화라면 얼마나 좋을까!

(줄리엣 퇴장)

회색 눈의 아침이 찡그린 저녁에 미소를 보내며
동쪽 구름을 빛줄기로 수놓고 있구나.
주근깨 박힌 어둠은 술 취한 주정뱅이처럼 태양신이
모는 대낮의 마차 길에서 비틀거리며 물러가는구나.
이제 내 신부님의 은둔처로 가서
내 행운을 말씀드리고 도움을 청해야겠다.

(퇴장)

2막 3장

(바구니를 든 로렌스 신부 홀로 등장)

로렌스 신부 자, 이제 태양이 불타는 눈을 치켜들어
낮을 밝히고 밤이슬을 말리기 전에
이 버들광주리를 유해한 잡초와 약재로 가득 채워야겠구나.
자연의 어머니인 대지는 자연의 무덤,
그녀의 장지는 그녀의 자궁.
그녀의 자궁에서 나온 다양한 자식들이
그녀의 젖가슴을 빨아먹지.
많은 것들이 많은 효험을 갖고 있지만
효험이 없는 것은 없지. 각각 효험이 다를 뿐.
아, 식물과 약초와 보석과 그 속성에 숨어있는
효험은 대단하기도 하구나.

대지 위에 사는 것치고 그 대지에 특정한 효험을
베풀지 않는 사악한 것은 아무 것도 없고,
선용을 저버리면 본성을 벗어나서 악용으로
떨어지지 않는 선한 것 또한 없는 법이지.
잘못 쓰면 미덕도 악덕으로 변하고
악덕도 때로는 결과로 정당화되는 법이지.

(로미오 등장)

이 연약한 꽃의 어린 꽃대 안에
독기와 약효가 공존하고 있어서
냄새를 맡으면 그 냄새로 몸을 기운차게 하지만
먹었다하면 심장의 작동을 정지시키지.
인간이나 풀이나 그 안에 은총과 거친 욕정이란
두 상극의 왕들이 항상 진을 치고 있어
사악함이 우세하게 되면
곧장 벌레가 그 식물을 먹어치워 죽게 하지.

로미오 신부님, 안녕하십니까.

로렌스 신부 신의 축복이 있기를!
이른 아침 인사를 건네는 그 부드러운 목소리는 누구인고?

여보게, 이렇게 일찍 침상을 걷어차고 나온 것을 보니
마음이 편치 않은 모양이군.
걱정이란 놈은 노인의 눈에서 파수를 보고 있어
근심이 있는 곳에 불면이 있게 마련.
그러나 상처 없는 머리 맑은 젊은이는
사지를 눕히자마자 황금 같은 깊은 잠에 떨어지는 법이지.
그러니 이 이른 아침의 행차로 보아
자네는 마음이 심란하여 일찍 나온 것이 틀림없군.
아니면 장담하건대
우리 로미오가 어제 저녁 한 숨도 못 잤거나.

로미오 꼬박 밤을 새웠지만 더 없는 안식이었죠.

로렌스 신부 하느님 맙소사! 로잘린과 같이 있었단 말인가?

로미오 신부님, 로잘린과 같이 있었다고요? 아니요,
그 이름이 주는 고통과 함께 그 이름도 잊었습니다.

로렌스 신부 그거 잘했군. 그렇다면 어디에 있었나?

로미오 되묻기 전에 말해드리죠.

원수와 같이 잔치를 즐겼는데
갑자기 한 사람이 나를 찔러 상처를 입혔고
그자도 나에게서 상처를 입었습니다. 우리 두 사람의 치료는
신부님의 도움과 신성한 처방에 달렸습니다.
보세요, 신부님. 나의 간청은 나의 원수에게도 이로운 것이니
저는 악의가 없습니다.

로렌스 신부 쉽게 요점을 말해주게나.
아리송한 고해는 아리송한 면죄를 받을 뿐이니.

로미오 그럼 쉽게 말씀드리지요. 제 마음 속 귀한 사랑은
부자 카풀렛의 예쁜 딸에게 꽂혔습니다.
나와 매한가지로 그녀 마음 또한 나에게 꽂혔습니다.
모두 다 합했으니 신부님께서 성스런 결혼으로
맺어주시기만 하면 됩니다. 언제 어디서 어떻게
우리가 만나서 구애를 했고 맹세를 나눴는지는
가시면서 말씀드리죠. 그러나 부탁인데
오늘 우리 결혼식을 올려주는 이 일만은 승낙해주십시오.

로렌스 신부 프란시스 성자여, 이게 무슨 변덕인가!
그렇게 죽고 못 살던 로잘린을

그렇게 쉽게 버렸단 말인가? 정녕 젊은이의 사랑은
심장이 아니라 눈에 있단 말이구나.
아, 로잘린 때문에 눈이 맵도록 얼마나
울어댔던 자네인가!
맛볼 수 없는 사랑에 간을 맞추기 위해
얼마나 많은 소금물을 흘려버렸단 말인가.
자네의 옛 신음소리 아직도 내 늙은 귓가에 쟁쟁하고
태양도 아직 하늘에서 그대의 한숨을 지우지 않았네.
보게나, 아직 지워지지 않은 눈물자국 여기
자네 뺨에 선명하게 남아있네.
자네가 제 정신이었고 고통이 진심이었다면
그 마음과 그 고통 로잘린 때문이었지.
그런데 마음이 변했단 말인가? 그렇다면 이 경구를 읊게나,
"남자가 줏대가 없으면 여자는 넘어지는 법이다."

로미오 로잘린을 사랑한다고 저를 번번이 나무라셨지 않았습니까?

로렌스 신부 사랑해서가 아니라 죽고 못 살아 해서였지.

로미오 나에게 사랑을 묻어버리라고도 하셨지요.

로렌스 신부 다른 사람을 파낸 바로 그 무덤에다 매장하라고 한 것이 아니었지.

로미오 제발 저를 꾸짖지 마세요. 지금의 내 사랑은
애정엔 애정을, 사랑에는 사랑을 주고받지요.
로잘린은 그렇지 않았어요.

로렌스 신부 그것은 글을 모르는 자네의 사랑이 외워서 주워섬긴 것임을 그녀가 알았기 때문이지.
자, 자, 젊은 변절자여, 같이 가세나.
이 결혼으로 자네 집안의 지독한 원한이 다행히 순수한 사랑으로
변할 수 있도록,
그 점에서 내 자네를 도와주겠네.

로미오 아, 빨리 서둘러 가시지요.

로렌스 신부 빨리 달리면 넘어지는 법이니 현명한 자는 서두르지 않네.

(퇴장)

2막 4장

(벤볼리오와 머큐쇼 등장)

머큐쇼 제기랄, 도대체 로미오는 어디 있단 말인가? 지난밤에 집에 안 들어왔단 말이지?

벤볼리오 하인과 얘기해 봤는데 아버지 집에는 안 들어왔어.

머큐쇼 아니, 그 창백하고 매정한 여자, 로잘린 때문에
괴로워서 그가 틀림없이 미쳐버리겠군.

벤볼리오 늙은 카풀렛의 조카 티볼트가
로미오의 아버지 집으로 편지를 보냈네.

머큐쇼 틀림없이 도전장일거야.

벤볼리오 로미오가 거기 답을 하겠지.

머큐쇼 글을 쓸 줄 아는 자라면 누구라도 답신을 하겠지.

벤볼리오 아니 내말은, 도전을 받았으니 도전을 하겠다고 그가 편지 주인에게
답을 할 거란 말이야.

머큐쇼 아, 가련한 로미오, 그는 하얀 여인의 검은 눈에 찔리고, 연가로 귀가
뚫어지고, 심장 한 복판은 눈먼 궁사의 화살촉으로 쪼개져 이미 죽은
목숨인데, 그 자가 티볼트를 상대한다고?

벤볼리오 아니 티볼트가 별건가!

머큐쇼 민담 속 고양이들의 왕 이상이지. 아, 폼 잡는 데는 그를 따를 자가없지. 악보를 보고 노래하듯 싸우면서 박자와 거리와 리듬을 지키지. 하나, 둘하고 잠깐 쉬었다가 세 번째에 심장을

찌르지. 저고리의 비단 단추를 여지없이 잘라내는 결투사, 여지없이 따지며 명예를 존중하는 최고의 양반이자 결투사이지. 아, 그 훌륭한 앞 찌르기, 뒤 찌르기, 명중이라니!

벤볼리오 그 뭐라고?

머큐쇼 그런 요상하고, 혀 짧은 소리를 내는 가식적인 얼간이들, 기괴하게 혀를 굴려대는 염병할 놈들! 맹세코 훌륭한 무사이자 용맹한 남자, 훌륭한 개자식이야! 아니 여보게, 이런 요상한 파리새끼들, 이런 유행 좇는 맵씨꾼들, 새 의자만 고집해서 옛 의자에는 편안하게 앉을 수도 없는 푼수들 때문에 우리가 괴롭힘을 당하다니 이건 통탄할 일이 아닌가?

매독에나 걸릴 놈들, 매독에나!

(로미오 등장)

벤볼리오 마침 로미오가 왔군, 로미오가 왔어!

머큐쇼 말린 정어리처럼 풀이 죽었군. 아니, 그 곧추섰던 살점이 다 젓갈처럼 무르녹았단 말인가! 이제 그는 페트라르카의 시행을 읊조리겠군. 그의 여인에 비하면 로라는 부엌때기인 셈이지—정녕 로라는 자신을 칭찬해 줄 더 훌륭한 애인이 있었지만—

디도는 촌뜨기에 불과하고 클레오파트라는 창녀에 불과하고 헬렌과 히어로는 쓰레기와 창녀에 다름없고, 씨스비는 푸른 눈을 지녔지만 소용이 없으렸다. 로미오 씨, 안녕하신가 (봉쥬르). 그대의 프랑스식 옷차림에는 프랑스식 인사가 어울리는 법. 지난밤에는 우리를 그럴듯하게 속였지.

로미오 둘 다 안녕한가. 뭘 속였단 말이야?

머큐쇼 따돌렸지, 따돌렸어. 그래도 모르겠단 말인가?

로미오 머큐쇼, 미안하네. 용무가 너무 급했네. 나처럼 급한 경우에는 예의를 못 차릴 수도 있는 법이지.

머큐쇼 그건 마치 자네 여인의 물건이 사타구니를 조이게 한다는 말과
진배없는 말이군.

로미오 내 말은 예의 말이야.

머큐쇼 자네가 제대로 해냈군.

로미오 매우 예의바른 설명이야.

머큐쇼 아니, 나야말로 예의의 꽃이야.

로미오 꽃이라.

머큐쇼 그래.

로미오 그렇다면 내 무도화는 붉은 꽃이 피었군.

머큐쇼 좋아, 자네 무도화가 다 헤어질 때까지 말장난을 계속하게나.
그래서
한쪽 바닥이 다 닳거든, 헤어진 후까지 그 농담이 온전히 남아 있도록
말이야.

로미오 아 단지 그 진부함 때문에 기억될 홑겹 밑창의 농담이여!

머큐쇼 도와주게 벤볼리오, 내 기지가 헐떡거리네.

로미오 자 힘을 내서 덤비게, 덤벼. 안 그러면 시합 중지를 선언할 참

이네.

머큐쇼 아니, 우리의 말장난이 들오리 사냥처럼 엉뚱한 데로 샌다면 내가 졌다고 치세. 내 오감 전부보다도 자네 머리하나에 더 많은 꽥꽥거리는 헛소리가 가득하니까. 꽥꽥거리는 헛소리로 말하자면 자네와 내가 이제 비긴 셈인가?

로미오 헛소리하는 일 말고 자네가 나와 함께한 적이 없었지.

머큐쇼 그런 소릴 하다니 귀를 깨물어줘야겠군.

로미오 아니 깨물지 말게나, 착한 오리여.

머큐쇼 자네의 기지는 톡 쏘며 달콤하군. 매우 얼얼한 양념이야.

로미오 그렇다면 달콤한 오리고기에 안 맞는 것이지?

머큐쇼 아, 한 뼘에서 한자 넓이로 늘어나는 송아지 가죽 같은 기지가 여기에
있군.

로미오 "넓이"란 그 말 때문에 기지를 늘여야겠군. "오리"란 말에 그 단어를 덧붙이면 자네는 크고 뒤뚱거리는 넓은 오리가 될 것이니.

머큐쇼 자, 사랑 때문에 신음하는 것보다 이게 좋지 않은가? 이제 이렇게 어울리니 로미오가 되었고 이제야 자네가 천성이나 기지로도 원래의 모습으로 되돌아 왔군. 이놈의 유치한 사랑이란 구멍에다 막대를 숨기려고 혀를 내밀고 오르락내리락 달려 다니는 큰 얼간이 같거든.

벤볼리오 그만하게, 그만해!

머큐쇼 자네는 내키지 않게 이야기를 그만 두라고 하는군.

벤볼리오 안 그러면 완전 헛소리를 해댈 테니까.

머큐쇼 아니, 틀렸네. 얘기 끝자락까지 다다랐고 더 이상 화제를 붙들고 있을 생각이 없어서 얘기를 자를 생각이었으니까.

로미오 대단한 물건이군!

(유모와 시동 피터 등장)

한 척의 돛배요, 돛배!

머큐쇼 둘이요, 둘. 셔츠와 속치마.

유모 피터야!

피터 곧 갑니다.

유모 피터, 내 부채를 가져다주게.

머큐쇼 피터여, 부채가 그 얼굴보다 더 아름다우니 그 얼굴을 가려주게나.

유모 젊은 양반님들, 안녕하십니까.

머큐쇼 안녕하신가, 아름다운 마님.

유모 아니 벌써 아침나절이 지났습니까?

머큐쇼 그래 그렇다네. 음탕한 시침이 패인 정오 자리에 걸려있으니 말일세.

유모 꺼지시오. 무슨 사람이 이렇습니까!

로미오 하느님이 만들었지만 스스로 망쳐놓은 양반이라네.

유모 진실로 말 잘했소이다. "스스로 망쳐놓았다"고 하셨죠? 여러 분들 중에
젊은 로미오를 어디 가면 찾을 수 있는지 말해줄 수 있는 사람 있나요?

로미오 내가 알려주지. 그러나 자네가 찾기 시작했을 때보다 찾고 나면 젊은 로미오는 아마 더 늙어 있을 걸세. 나보다 더 젊은 로미오는 없으니, 내가 그 이름을 지닌 가장 젊은이네.

유모 말씀 잘 하셨소.

머큐쇼 "더 젊은 로미오는 없다"는 것이 좋은 것이요? 그렇다면 진정으로 현명하게 잘 이해했네.

유모 댁이 로미오라면 은밀하게 몇 마디 나누고 싶소.

벤볼리오 저 여자가 로미오를 만찬에 소환할 모양이야.

머큐쇼 뚜쟁이, 뚜쟁이, 뚜쟁이야! 드디어 찾았군!

로미오 무얼 찾았단 말인가?

머큐쇼 먹기도 전에 쉬고 곰팡이 피어버린
사순절 파이 요리에나 들어갈 토끼고기요.
(그들 주변을 거닐며 머큐쇼가 노래한다.)

"늙어빠진 토끼, 늙어빠진 토끼는
사순절에 요긴한 고기지요.
그러나 늙은 토끼는 먹기도 전에 쉬어 버리니
돈 주고 사기에는 아까운 거지요."

로미오, 아버지 집으로 갈 생각인가? 우리들도 그곳으로 점심
먹으러
가겠네.

로미오 자네들 먼저 가게나.

머큐쇼 늙은 마나님 안녕히 가시게, 안녕히 마나님. (노래한다.)

"마나님, 마나님."　　　　　　(머큐쇼와 벤볼리오 퇴장)

유모 도련님, 방금 입을 그처럼 거칠게 놀린 그 무례한 상것은 누구죠?

로미오 유모, 그 자는 가만있지 못하고 떠들기 좋아해서 한 달 동안에 전달할 수 있는 그 이상을 일분 안에 지껄여대는 양반이라네.

유모 만일 그자가 내 욕을 한다면 그 자보다 더 힘이 좋은 자라도 내 쓰러뜨리겠소. 그런 자는 스무 명이라도 상대하겠소. 내 힘이 모자라면 다른 사람들을 불러오리다. 개자식! 나는 그런 자가 가지고 노는 논다니가 아니요, 그 자의 노리개가 아니란 말이요. (피터에게 고개를 돌린다.) 그래 너는 옆에 서 있으면서도 저런 녀석들이 나를 마음대로 가지고 놀도록 보고만 있단 말이야!

피터 아니 어느 사내가 마님과 재미 보는 모습을 본 적이 없는데요. 그랬더라면 내 물건을 재빨리 꺼냈겠지요. 장담하건대 한판 붙을 기회가 오고 법이 제 편에 있다면 나도 누구 못지않게 재빠르게 꺼내는 사내입니다.

유모 정말이지 맹세코 온 살이 다 떨릴 정도로 분하구나. 빌어먹을 놈! 도련님 한 말씀만. 말씀드렸듯이 제 아씨가 도련님을 찾아오라고 했습니다. 저더러 전하란 말은 저만 알고 있겠습니다. 그러나 아가씨를 속칭 황홀경으로 이끄실 요량이시라면, 아가씨가 젊은 관계로 이건 소위 말해 매우 못된 행동이 되겠지요. 만일 도련님이 아가씨에게 솔직하지 못하다면 이건 양가집 여자들에게 할 짓이 못될뿐더러 매우 부도덕한 일이 될 겁니다.

로미오 유모, 자네 아가씨에게 내 안부 전해주게. 자네에게 약속하지만—

유모 걱정마시오. 아가씨께 충분히 전하리다. 정밀, 징말로 아가씨는 즐거운 여자일 겁니다.

로미오 유모, 뭐라고 전할 생각인가? 내 말을 듣지도 않고서.

유모 도련님이 약속을 했다고 전하지요. 내 생각에 그건 양반다운 제안이지요.

로미오 아가씨더러 오늘 오후 고해하러 갈 구실을 찾으라고 전하게.

로렌스 신부의 암자에서 고해를 하고 결혼식을 올리게 될 거라고.
자 여기 자네 수고비야.

유모 아닙니다, 한 푼도 받아서는 안 됩니다.

로미오 무슨 소린가. 받아두게나.

유모 오늘 오후라고 했죠? 아가씨가 그리로 갈 겁니다.

로미오 유모는 사원 담장 밖에서 기다리게.
곧 내 하인이 자네를 만나서
계단처럼 꼰 밧줄을 가져다 줄 걸세.
그게 쥐죽은 듯한 밤에 나의 절정의
기쁨으로 나를 인도하게 될 거야.
잘 가게. 약속을 잘 지키면 대가는 두둑하게 치룰 셈이야.
잘 가게. 자네 아가씨께 내 안부 전해주고.

유모 하나님의 축복이 있기를! 도련님, 들어보시오.

로미오 유모, 무슨 얘긴가?

유모 도련님 하인은 믿을 만합니까? 이런 말 들어 보신 적 없어요? "두 사람이 비밀을 지키는 방법은 한 사람을 없애는 것이다."

로미오 장담하지만 내 하인은 강철같이 믿음직한 사람이야.

유모 정말이지 아가씨는 세상에서 가장 달달한 여자랍니다. 쫑알거리는 어린아이였을 때—아, 아가씨에게 구애하고 싶어 하는 패리스라는 사람이 시내에 있지만 아가씨는 정말이지 그 자를 마치 흉측한 두꺼비 보듯 해요. 내가 패리스란 사람이 생각보다 좋은 사람이라고 말하면 아가씨는 가끔 화를 낸답니다. 정말이지 그런 말을 들으면 아가씨는 세상에 둘도 없는 흰 천 조각처럼 얼굴이 파리해진답니다. "로즈마리"와 "로미오"란 두 단어의 첫 글자가 같지 않나요?

로미오 그렇지 유모. 둘 다 알파벳 "R"로 시작하지. 그게 뭐가 어째서?

유모 장난도 심하셔. 그건 개 이름이지요. "R"의 뜻인 즉—아니지요, 이건 다른 글자로 시작하는군요. 아가씨는 도련님 이름과 로즈마리란 단어를 가지고 최고로 아름다운 문장을 만들었어요. 아마 들어보시면 좋아하실 겁니다.

로미오 아가씨에게 안부 전하게.

유모 천 번이라도 전하죠. (로미오 퇴장)
피터야!

피터 곧 갑니다.

유모 부지런히 앞장서라. (퇴장)

2막 5장

(줄리엣 등장)

줄리엣 유모를 내보낸 것이 아홉 시였고
반시간 안에 돌아온다고 약속했는데
아직도 그를 만나지 못했나 보다. 그럴 리가 없는데.
아, 절름발이가 아니고서야! 산등성이를 구름을 물리치는
태양빛보다 열배는 빠르게 달리는 생각더러
사랑의 심부름꾼이 되어달라고 해야겠어.
그러니 날개 짓 빠른 비둘기들이 사랑의 마차를 이끌고
바람처럼 재빠른 큐피드에게 날개가 있는 법이겠지.
이제 태양은 하루의 여행 중 가장 높은 산꼭대기에
다다랐고 아홉 시에서 열두 시까지면
장장 세 시간인데도 아직도 유모는 돌아오지 않는구나.

유모가 애정과 뜨거운 젊은 피를 지녔더라면
구르는 공처럼 움직임이 민첩할 텐데.
내 말을 듣고 재빠르게 내 달콤한 님에게로 갔다가
님의 대답에 내게 달려왔으련만.
그러나 마치 죽은 척하는 노인들이란
납처럼 굼뜨고 느리고 무겁고 핏기 없는 법이지.

(유모와 피터 등장)

오 하느님, 이제 오는군. 그래 유모 무슨 소식이라도?
그를 만나봤나? 자네 시동을 내보내게.

유모 피터야, 문간에서 기다려라. (피터 퇴장)

줄리엣 자, 유모— 맙소사, 아니 왜 이렇게 슬픈 표정인가?
슬픈 소식일지라도 유쾌하게 말해주게.
기쁜 소식을 그렇게 찡그린 얼굴로 내게 들려준다면
그건 달콤한 음악을 욕보이는 셈이지.

유모 녹초가 되었으니 숨 좀 돌리게 해주시오.
아이고, 삭신이야. 얼마나 힘든 심부름이었던지!

줄리엣 내 뼈마디를 자네에게 주고 자네 소식을 내가 갖고 싶은 심정이네.

자, 제발 유모, 말을 좀 해보게, 말을.

유모 맙소사, 웬 성화람! 잠시도 못 기다린단 말이오?

숨찬 내 모습이 보이지도 않는단 말이오?

줄리엣 숨이 차다고 말할 숨은 있으면서

어떻게 숨이 차단 말인가?

이렇게 늦장을 부려대는 사설이

정작 할 이야기보다 길어.

좋은 소식인가 나쁜 소식인가? 우선 그것부터 말하게.

그것만 말하면 나머지는 천천히 듣겠네.

답답하네, 좋은 소식인가 나쁜 소식인가?

유모 바보 같은 선택이군요. 아가씨는 남자 고르는 법을 몰라요. 로미오요?

아니, 그는 아니죠. 그의 얼굴이 다른 어느 사내보다 낫고 그의 다리가 그 누구보다 좋고, 손과 발과 몸에 대해 말하자면, 이건 얘깃거리는 아니지만, 비할 데가 없지요. 그는 예법의 정수는 아니지만, 내 보장하건대 양같이 유순한 사람이오. 아씨는 운이 좋아요. 아니 그새 점심을 드셨단 말입니까?

줄리엣 아니, 이건 내가 이미 알고 있는 사실이고.
결혼에 대해서 뭐라고 하던가, 결혼 얘기 말이야?

유모 아니고 두통이야! 머리가 왜 이러지!
산산조각이 날 것처럼 쑤시네.
아이고, 등짝이야, 아 이놈의 등짝, 내 등짝!
온통 거리를 오르락내리락 쏘 다니도록 나를 내보내다니
부끄럽지도 않소.

줄리엣 몸이 편치 않다니 진정 유감이네.
사랑스런 유모, 제발 말인데 낭군님이 뭐라고 하던가?

유모 정직하고 예의바르고 친절하고 훤칠하고
장담하지만 고결한 양반처럼 아가씨 낭군이 말하기를—
그런데 마님은 어디 계시지요?

줄리엣 갑자기 웬 어머니! 그야, 안에 계시지.
달리 어디 계시겠어. 아니 무슨 대답이 그래!
"고결한 양반처럼 아가씨 낭군이 말하기를"하고 말하다가 갑자기 "마님 어디 계시지"라니!

유모 아가씨, 정녕 그렇게 안달이 납니까? 이제 보니 정말이지
내 쑤시는 삭신에 대한 보답이 고작 이것입니까?
앞으로는 아가씨가 직접 전하세요.

줄리엣 이게 웬 소란이야! 자, 로미오가 뭐라고 하던가?

유모 오늘 고해성사 가기로 허락을 받아놨나요?

줄리엣 그렇다네.

유모 그렇다면 서둘러 로렌스 신부의 암자로 가세요.
그곳에 남편 될 사람이 기다리고 있답니다.
이제야 뺨에 핏기가 도는군요.
사소한 소식에도 곧장 붉어지겠네요.
서둘러 교회당으로 가세요. 나는 다른 길로 가서
밧줄을 가져와야 해요. 어두워지면 그 밧줄 사다리를 타고
아가씨 낭군이 침실로 새처럼 날아들 겁니다.
아가씨 재미보라고 나는 온갖 잡일을 다 한답니다.
밤이 되면 곧 아가씬 무거움을 느끼겠죠.

자, 나는 점심 먹으러 갑니다. 아가씬 서둘러 암자로 가세요.

줄리엣 행운을 향해서 야호! 정직한 유모, 안녕.

(모두 퇴장)

2막 6장

(로렌스 신부와 로미오 등장)

로렌스 신부 이 성스런 결혼에 하늘의 축복이 깃들어
후사에 슬픔이 없기를.

로미오 아멘, 아멘. 그렇지만 어떤 슬픔이 다가오더라도
짧은 한 순간의 만남이 가져다주는 우리 서로의
기쁨을 능가하진 못할 겁니다.
신부님은 단지 혼인서약으로 우리의 두 손을 포개어 주세요.
그런 후 사랑을 집어삼키는 죽음이란 놈이 무슨 짓을 해도
그녀를 내 신부라 부르면 그만입니다.

로렌스 신부 성급한 기쁨은 성급하게 끝나는 법이라

절정에서 시들어 버리지,
불과 화약이 서로 입 맞추며 타버리듯이.
아무리 달콤한 꿀도 질리기 마련이니
먹다 보면 입맛을 잃게 되지.
그러니 적당히 사랑하게. 긴 사랑이 오래 간다네.
너무 서두름은 너무 느린 것이나 마찬가지로 더디 가는 법.

(줄리엣이 허둥지둥 등장하여 로미오와 포옹.)

이제 아가씨가 왔군. 아, 저런 사뿐한 발걸음으로
장구한 대리석 보도가 닳기나 하겠어.
연인의 발걸음은 여름날 하릴없이 공기 중에 하늘거리는
거미줄을 밟고도 떨어지지 않겠어. 바람처럼 들떠 가벼우니.

줄리엣 고해 신부님, 안녕하세요?

로렌스 신부 우리 두 사람을 대신해서 로미오가 자네에게 감사함을 표할 걸세.

(로미오가 그녀에게 키스한다.)

줄리엣 그대에게도 똑같이. 아니면 그대 감사 표시가 너무 과할 테니까.

(그녀 역시 그의 키스를 돌려준다.)

로미오 아 줄리엣, 그대 기쁨 나처럼 가득하고,
이를 알릴 재주 나보다 낫다면,
주변 공기를 그대 입김으로
달콤하게 만들고, 이 소중한 만남으로 우리
모두가 각자에게서 받는 이 한없는 행복을
그대 풍부한 목소리로 노래해 주시오.

줄리엣 말보다 내용이 더 풍부한 생각은
치장이 아니라 본질을 자랑하지요.
단지 거지들이나 사랑의 가치를 세지요.
그러나 내 진실한 사랑은 한이 없어서
그 사랑의 반도 헤아릴 수 없답니다.

로렌스 신부 자, 가서 식을 빨리 끝냅시다.
미안하지만 성스런 혼인식으로 둘이 하나되기 전까지는
단둘이서만 있을 수 없다네.

(모두 퇴장)

3막 1장

(머큐쇼, 벤볼리오, 머큐쇼의 시종과 기타 사람들 등장)

벤볼리오 머큐쇼, 부탁인데 물러가세.
날도 뜨겁고, 카풀렛 가문 사람들이 나와 있으니
우리가 서로 마주치기라도 하는 날에는 소동을 피할 수 없을 거야.
이런 복날에는 미친 피가 끓고 있는 법이네.

머큐쇼 자네는 술집 안에 들어서자마자 칼로 탁자를 두드리며
"제발 칼 쓸 일이 없기를!"하고 외치고선
술이 두잔 째 들어갔다 하면
정말 괜히 술집 급사에게 칼을 뽑아드는
그런 녀석들 중 하나 같군 그래.

벤볼리오 내가 그런 녀석을 닮았다고?

머큐쇼 자, 자, 진정하게. 자네는 화났다 하면 이태리 사람 누구
못지않게 불같지. 건들었다하면 쉽게 화를 내고, 화를 냈다하
면
쉽게 기분을 상하지.

벤볼리오 무엇에 화를 낸단 말인가?

머큐쇼 자네 같은 사람이 둘이면 둘 다 보기 힘들 거야. 곧장 서로를 죽이고 말테니까. 자네는—그래, 자네는 자네보다 턱수염이 하나 더 많거나, 혹은 하나 더 적다는 이유로 생판 모르는 사람에게 시비를 걸 사람이지. 자네 눈빛이 개암색이라는 이유만으로 개암을 깨뜨리는 사람에게 시비를 걸 위인이야. 그런 눈 말고 무슨 눈이 그런 시빗거리를 찾아낼 수 있겠어? 자네 머리는 달걀 속이 흰자나 노른자로 가득 차있듯이 시빗거리로 가득하지. 하지만 시비 때문에 하도 얻어맞아서 그 놈의 머리가 풀어놓은 달걀처럼 뒤죽박죽이지. 햇볕을 쬐며 길에서 자고 있던 자네 개를 깨웠다고 길에서 기침한 사람과 싸운 적도 있지. 부활절 이전에 새 저고리를 입었다고 양복장이와 싸우고, 옛날 끈으로 새 구두를 매었다고 다른 사람과 싸운 적

이 있는 자네가 나더러 싸우지 말라고 가르치려든단 말인가!

벤볼리오 내가 자네처럼 그렇게 쉽게 시비 붙는 사람이었으면 누구라도 내 목숨을 한 시간 십오 분 동안은 온전하게 사갔을 거야.

머큐쇼 온전하게라고? 아 이런 바보 같으니!

(티볼트, 페트루치오 및 다른 사람들 등장)

벤볼리오 아니. 카풀렛 가문 사람들이 몰려오고 있군.

머큐쇼 제길, 올 테면 오라지.

티볼트 내가 저들에게 말을 걸 작정이니 바짝 따라들 오게.
여보게들, 안녕하신가. 자네들 중 한명에게 잠깐 할 말이 있소.

머큐쇼 우리들 중 한명에게 한마디 하겠다고? 한 마디에 덧붙여 한대 때려보시지.

티볼트 싸움거리를 준다면야 소원대로 기꺼이 해드리지.

머큐쇼 이유가 없으면 겁나서 싸울 수 없단 말이오?

티볼트 머큐쇼, 자네는 로미오와 한패지.

머큐쇼 "한패"라고? 아니, 우리들을 지금 딴따라 취급하는 거요?
우리를 딴따라 취급하려 든다면 좋은 소리는 못들을 거요.
자, 이 깽깽이 활대에 맞춰 춤을 춰 보시지. 염병할, "한패"라니!

벤볼리오 사람들이 모이는 광장에서 소란피울 것이 아니라
은밀한 곳으로 가든지
불만이 무엇인지 냉정하게 의논해보세.
아니면 그냥 헤어지든지. 보는 눈이 많아.

머큐쇼 보라고 박힌 눈이니 볼 테면 보라지.
나는 절대로 한발도 물러서지 않을 것이야. 그렇고말고.

(로미오 등장)

티볼트 자 진정하게. 내가 찾는 작자가 마침 오는군.

머큐쇼 그자가 자네 하인이라면 내 목을 자르지.

자, 자네가 앞장서 결투장으로 나서면 그가 뒤따를 거야.
그러니 그를 자네 "하인"이 아니라 용기 있는 "사내"라 불러야
할거야.

티볼트 로미오, 아무리 잘 봐주려고 해도
자네는 개자식이야.

로미오 티볼트, 그런 욕을 해대는 자네의 분노를
용서해야 할 이유가 내게 있다네.
내가 개자식이라니 천만의 말씀.
잘 가게. 자네는 아직 내가 누군지 모르는군.

티볼트 이봐 애송이, 이런 식으로 내게 저지른 무례를
용서받을 수는 없지. 그러니 돌아서서 칼을 빼라.

로미오 그대에게 결코 무례를 범한 적이 없소.
사정을 알기까지 그대가 생각할 수 있는 이상으로
그대에 대한 나의 애정은 깊다오.
그러니 내 이름만큼이나 소중하게 여기는 카풀렛이여,
이쯤 해두시오.

머큐쇼 아니 이렇게 치욕스럽고 더럽게 가만히 굴복하다니!
아니 될 말. 자 덤벼라. (칼을 뺀다.)
티볼트, 이 고양이야, 살금살금 물러간단 말이냐?

티볼트 내게 무슨 볼일이 있는가?

머큐쇼 고양이의 왕이여, 자네의 그 질긴 아홉 개의 목숨과 볼일이 있네.
우선 그 중 하나을 따고 자네가 어떻게 나오는지를 봐가며
나머지 여덟 개도 흠씬 두들겨 패줄 생각이네. 내키지 않겠지만
칼집에서 칼을 뽑을 의향이 있으신지? 서두르게나,
칼을 채 뽑기도 전에 자네 두 귀가 잘려나가지 않으려거든.

티볼트 내가 상대해주지.

(칼을 뽑는다.)

로미오 머큐쇼 사촌, 칼을 내리시게.

머큐쇼 자 찔러보시지!

(서로 싸운다.)

로미오 (칼을 빼며)

벤볼리오, 칼을 빼서 저자들의 칼을 내리치게나.
여러분들, 창피한줄 알고 이런 분기를 참으시오.
티볼트, 머큐쇼, 영주께서 이렇게 베로나 거리에서
칼끝을 주고받는 일을 엄격히 금했소.
티볼트 멈추시오! 머큐쇼, 제발!

(티볼트가 로미오의 팔 아래로 머큐쇼를 찌르고 달아난다.)

페트루치오 티볼트, 도망가라!

머큐쇼 내가 찔렸소.
양 집안에 저주가 내리길! 나는 가오.
티볼트는 아무 탈 없이 도망했단 말인가?

벤볼리오 아니, 찔렸단 말인가?

머큐쇼 아니 살짝 스쳤어. 스쳤을 뿐이야. 자, 호들갑은 그만.
내 시동은 어디 있지? 얘야, 가서 의사를 불러오너라.

(시동 퇴장)

로미오 여보게, 힘을 내게나. 상처가 깊지 않을 거야.

머큐쇼 그래, 샘처럼 깊지도 않고 교회 정문처럼 넓지도 않지만 목숨 앗아가는 데는 이정도면 충분할 거야. 내일 내 소식은 무덤에서 듣게 될 거야.

이 세상과는 끝났군. 양쪽 가문에 저주가 내리길! 염병할, 개나, 쥐나 고양이가 할퀴어도 사람이 죽는 법이지! 산수 책에서 배운 대로 싸우는 허풍선이, 악당, 개자식한테 당하다니! 도대체 로미오 너는 왜 끼어들었나? 가로 막는 자네 팔 아래로 그자식이 나를 찔렀어.

로미오 다 선의로 그랬어.

머큐쇼 벤볼리오, 아무 집으로나 데려다주게.

안 그러면 기설하겠어. 이놈의 양쪽 가문에 저주나 내려라!

그들의 원한이 나를 구더기 밥으로 만들었어.

나는 완전히 끝났어. 두 집안 때문에!

(벤볼리오와 함께 퇴장)

로미오 영주의 가까운 친척이자 내 친구이기도 한

머큐쇼가 나를 대신해서 이런 상처를 입었구나.

티볼트의 욕설로 내 명예가 더럽혀졌기에.

친척이 된지 불과 한 시간 밖에 되지 않은 티볼트—

아, 사랑스런 줄리엣이여,
그대의 아름다움으로 나는 여자로 변해
용맹스런 칼날을 녹여버린 무골이 되었소!

(벤볼리오 등장)

벤볼리오 아 로미오, 로미오, 그 훌륭하던 머큐쇼가 죽었네.
그의 용맹스런 영혼은 이곳 지상을 경멸하던
구름 위로 너무 일찍 올라가고 말았소.

로미오 불길한 오늘 일은 장차 닥쳐올
불운의 시작일 뿐일세.

(티볼트 등장)

벤볼리오 성난 티볼트가 다시 돌아왔군.

로미오 머큐쇼를 죽여 놓고 의기양양 살아서 왔다니!
친척이고 뭐고 이제는 사정 볼 것 없다.
불길처럼 이글거리는 분노여, 이제 나를 인도할지어다.
머큐쇼의 영혼이 티볼트 너도 자신과 함께하길 기다리며
우리 머리 위를 떠돌고 있으니
조금 전 나에게 퍼부었던 그 "개자식"이란 욕을

취소하라.

둘 중 하나, 아니면 우리 둘 다 머큐쇼에게 가야만하리라.

티볼트 머큐쇼와 한패였던 어린 놈,

너도 그에게로 보내주마.

로미오 겨뤄봐야 아는 일.

(서로 싸우다 티볼트가 쓰러져 죽는다.)

벤볼리오 로미오, 시민들이 몰려오고 티볼트는 죽었으니

넋 놓고 있지 말고 어서 도망가라!

붙잡히면 영주가 사형을 내릴 거야.

빨리 이곳을 피하게, 어서!

로미오 아, 운명의 광대 같은 신세구나.

벤볼리오 왜 머뭇거리나?

(로미오 퇴장)

(시민들 등장)

시민들 머큐쇼를 죽인 자가 어느 쪽으로 달아났소?

그 살인자 티볼트가 어느 길로 달아났소?

벤볼리오 그 티볼트가 바로 저기 누워 있소.

시민 일어나 나를 따라 오시오.
영주의 이름으로 그대를 체포하니 순순히 응하시오.
(영주, 늙은 몬테규, 카풀렛, 부인들과 다른 사람들 등장)

영주 이 싸움을 시작한 못된 자들은 어디 있는고?

벤볼리오 훌륭하신 영주님, 이 비극적인 싸움의 시종을
제가 낱낱이 고하겠습니다.
영주님의 친척인 훌륭한 머큐쇼를 살해한
그 자가 젊은 로미오에게 살해되어 저기 누워있습니다.

카풀렛 부인 내 조카 티볼트, 오빠의 아들이 이 무슨 변고람!
아 영주님, 아 조카야, 여보, 내 조카가 피를 보았소.
영주님, 우리 가문이 피를 흘렸으니 엄명으로
몬테규 가문도 피를 흘리게 해주세요.
오 내 조카, 내 조카야!

영주 벤볼리오, 이 싸움을 시작한 사람이 누구인가?

벤볼리오 로미오의 손에 살해된 여기 쓰러져 있는 티볼트입니다.
공손한 로미오는 티볼트에게 얼마나 하찮은 시빗거리인지
잘 생각해보라며 동시에 폐하의 노하심을
지적했습니다. 이 모든 것을
부드럽고 침착하고 겸손하게 말했지만
화가 잔뜩 난 티볼트의 귀에는 먹통이었습니다.
티볼트가 용감한 머큐쇼의 가슴을 겨냥하여
날카로운 칼끝을 겨누자 머큐쇼 역시 흥분해서
칼끝에 칼끝으로 응수했습니다.
한 손의 단검으론 찌르기를 막아내고 다른 손으론
티볼트를 공격하자 티볼트 역시 능숙하게
이를 막아냅니다. 그러자 로미오가 큰소리로
"여보게들, 멈추게, 그만들 두게"라고 외쳐댑니다.
그리고선 재빠르게 자신의 민첩한 팔로 두 사람의
칼을 쳐서 떨어뜨리고서 두 사람 사이를
가로막아 섭니다. 그 막아선 팔 밑으로
사악한 티볼트가 용맹한 머큐쇼를 찔러 목숨을 빼앗고
달아났습니다.
그러나 이윽고 바로 전까지 복수를 생각하던

로미오에게 티볼트가 다시 나타나서
전광석화처럼 싸움을 시작합니다.
제가 두 사람을 떼어낼 겨를도 없이
용맹한 티볼트가 살해당하고
그가 쓰러지자 로미오는 등을 돌려 도망했습니다.
이건 제 목숨을 내놓고 틀림없는 사실입니다.

카풀렛 부인 지금 저자는 몬테규 가문 사람입니다.
편견 때문에 사실을 왜곡하고 있습니다.
끔찍하게도 한 스무 명의 사람들이 한사람에게 달려들어
그 한 사람의 목숨을 앗아갔습니다.
영주님께서 마땅한 심판을 내려주십시오.
로미오가 티볼트를 살해했으니 로미오를 살려두면 안됩니다.

영주 로미오가 티볼트를 살해했고, 티볼트가 머큐쇼를 살해했소.
이제 누구에게 머큐쇼의 피 값을 물어야 한단 말이오?

몬테규 영주님, 로미오는 아닙니다. 아들놈은 머큐쇼의 친구였소.
그의 잘못은 법이 앗아갈 티볼트의 목숨을 앗아간 것뿐입니다.

영주 바로 그 죄로

짐은 그자를 즉시 이곳에서 추방하오.

당신네 두 가문의 원한 싸움을 내 지켜봐왔소.

당신네들의 무례한 싸움으로 내 친척도 피를 흘렸소.

그대들에게 과한 벌금을 부과해

그대들로 하여금 내 쪽 피를 흘리게 한 일을 후회하도록 만들겠소.

아무리 간청하고 변명해도 듣지 않을 것이며

눈물을 흘리며 애원해도 당신들의 악행을 용서하지 않을 것이오.

그러니 그럴 생각도 마시오. 로미오를 서둘러 추방시키시오.

그렇지 않으면 발견되는 즉시 죽게 될 것이오.

티볼드의 이 시체를 치우고 짐의 뜻 을 따르시오.

살인자들을 용서하는 자비는 살인으로 이어질 뿐이오.

(퇴장)

3막 2장

(줄리엣 혼자 등장)

줄리엣 태양의 잠자리를 향해
활기찬 말들이여 부지런히 달려라. 태양신의 아들
파에톤이여, 이들을 서녘으로 채찍질하여
어두운 밤을 빨리 가져다주오.
사랑을 허용하는 밤이여, 그대 장막 커튼을 꼭꼭 쳐서
도망자도 눈을 붙이고 로미오로 하여금 본 사람, 듣는
사람 없이 내 품에 안기게 해주오.
연인들은 자신들의 아름다움을 등불삼아
눈 밝게 사랑의 의식을 치룬 답니다. 아니 사랑이 눈멀었다면
밤과 가장 어울리지요. 자, 온통 검은 옷으로 수수하게 차려
입은

여인, 착한 밤이여 어서 와서
한 쌍의 흠 없는 처녀총각이 펼치는 이 시합에서
이기면서 지는 법을 나에게 가르쳐다오.
내 뺨에 도는 내 처녀의 피를 그대
검은 외투로 가려주어 대담해진 첫 사랑으로 하여금
진실 된 사랑의 완성이 순수한 겸양이라 생각하게 해주오.
자 밤이여 어서 오라, 어서, 그대 밤 속의 대낮 로미오여 어서
오시오.
어서 와 까마귀 등에 쌓인 첫눈보다 더 희게
밤의 날개 위에 누우세요.
부드러운 밤이여, 검은 이마의 밤이여, 어서 어서 오셔서
내 님을 데려다 주고 내 죽게 되면
그의 몸을 잘라 작은 별들로 만들어 주세요.
그 별들로 하늘의 얼굴 아름답게 빛나
온 세상이 밤과 사랑에 빠져서
눈 부라리는 태양을 쳐다보지도 않을 겁니다.
아, 나는 사랑이란 집을 한 채 샀지만,
아직 소유하지는 못했어요. 내 비록 팔렸지만
여태껏 주인을 맞지는 못했죠. 장만한 새 고까옷을
아직 입지 못하는 조급한 어린아이에게
잔칫날 전날 밤이 그러하듯이

오늘 낮이 그렇게 더디 가는구나.

(무릎에 밧줄 사다리를 감은 유모 두 손을 비비꼬며 등장)

아, 유모가 오는군.
소식을 가지고 왔겠지. 로미오의 이름만 들먹이는 사람도
누구나 천상의 웅변가지.
유모, 무슨 소식 있는가? 거기 몸에 지닌 것이 무엇인가,
로미오가 자네에게 가져오라 시킨 밧줄인가?

유모 그렇습니다. 그 밧줄이죠.

줄리엣 아니 소식은? 왜 그렇게 손을 비비꼬고 있나?

유모 아이고, 그가 죽었어요, 그가 죽었어, 죽었다고요.
아가씨, 우린 다 망했어요, 망했다고요.
아이고, 그는 사라졌어요, 살해되어 죽었다고요.

줄리엣 하늘이 그렇게 사악하단 말인가?

유모 하늘이 아니라 로미오가 그렇지요.
아 로미오, 로미오,

누가 생각이나 했겠어요, 로미오가 그럴 줄이야!

줄리엣 도대체 이렇게 내 애간장을 녹이는 자네는 누구인가?
이런 신음은 절망스런 지옥에서나 들을 법한 것이군.
로미오가 자살이라도 했단 말인가? "예"란 대답
한마디면 그 한마디에 눈에서 사람을 죽이는 독을
내쏘는 독사보다 더한 독이 들어있는 셈이지.
자네 대답이 "예"이거나 자네 대답처럼
로미오의 눈이 감겼다면 나도 살 수 없지.
살았는지 죽었는지 확실하게 대답해주게.
자네 대답에 내 명운이 달렸다네.

유모 내가 이 두 눈으로 상처를 보았어요—
하나님 맙소사—여기 그의 사내다운 심장에 난 상처를.
불쌍한 시체, 피범벅이 된 불쌍한 시체,
잿빛처럼 창백한 얼굴, 온 몸에 피가 튀었고
온통 피딱지 천지. 그 모습을 보고 내가 기절했습죠.

줄리엣 아, 심장아 터져라, 파산한 불쌍한 심장아 바로 터져버려라!
내 눈이여 감옥에나 가서 나오지 말지어다.
더러운 육신이여 활동을 멈추고 흙으로 돌아가라.

로미오와 같은 상여를 타자꾸나.

유모 오, 티볼트, 내 최고의 친구 티볼트여!
아, 예의바른 티볼트, 정직한 양반이여,
그대 죽는 것을 내가 보는 날이 올 줄이야!

줄리엣 아니 이 역풍은 또 뭐지?
로미오가 살해당했고 티볼트가 죽었다고,
내 귀한 사촌과 더 귀한 내 낭군이?
그렇다면 최후의 나팔이여, 종말의 때를 알려라.
이 두 사람이 없다면 누가 살아 남아있다 하겠는가?

유모 티볼트는 죽고 로미오는 추방당했어요.
티볼트를 죽인 로미오는 추방당했다고요.

줄리엣 맙소사, 로미오의 손에 티볼트가 피를 흘렸다고?

유모 그래요, 그래. 아이고, 그렇다니까요.

줄리엣 아 꽃 같은 얼굴로 숨긴 뱀 같은 마음이여!
그렇게 아름다운 굴속에 사는 뱀이 있었던가?

아름다운 폭군, 천사 같은 악당,
비둘기 털을 지닌 까마귀, 늑대처럼 집어삼키는 양,
성스런 외양을 지닌 더러운 물건,
겉보기와는 완전 딴판,
저주받은 성자, 훌륭한 악당이여!
아 천지신명이여, 유한한 그런 달콤한 육신의 낙원에
그런 악마의 혼을 심어놓고서
지옥에 무슨 볼일이 있더란 말입니까?
그렇게 아름답게 장정된 책이
그런 사악한 내용을 담은 적이 있더란 말입니까?
아, 그런 화려한 궁궐에 그런 거짓이 숨어있을 줄이야.

유모 남자들이란 믿음도 신뢰도 정직도 모르죠. 다들 배반하고
저버리고 다들 사악하고 모두 위선자들이죠.
내 시동이 어디 갔죠? 술 좀 가져다주시오.
이 슬픔과 이 고통과 이 회한으로 내가 늙어요.
로미오에게 치욕이 따르길!

줄리엣 그런 저주를 내리다니
자네 혀에 물집이나 잡히길! 그는 태생이 치욕을 당할 자가 아니지.

그의 이마에 치욕이 앉기를 부끄러워한다네.
그 이마는 이 세상의 유일한 군주인 명예의 왕좌이니까.
그런 분에게 욕을 퍼붓다니 내가 미쳤지!

유모 사촌을 죽인 그런 사람을 칭찬하겠다는 겁니까?

줄리엣 남편을 욕하란 말인가?
아 불쌍한 낭군님, 세 시간 전에 아내가 된 내가 그대 이름을 난도질 하는 마당에 그 누가 그대 명성을 회복한단 말입니까?
나쁜 사람, 왜 내 사촌을 죽였단 말입니까?
그 나쁜 사촌이 낭군을 죽이려했기 때문이겠지요.
어리석은 눈물이여, 제자리로 돌아가라
잘못알고 기쁨에게 바치는 너희들의
조공은 슬픔의 몫이니까.
티볼트가 살해하려 했던 남편은 살아있고.
남편을 살해하려 했던 티볼트는 죽었구나.
그나마 다행이니 울 이유가 뭐람?
가만, 티볼트의 죽음보다 지독하게
나를 죽인 말이 있었지. 기꺼이 그 말 잊고 싶지만
죄인의 마음에 새겨진 저주의 악행처럼
그 말 기억에 새겨져 있구나.

"티볼트는 죽고 로미오는 추방당했다."
"추방당했다"는 그 말 한마디에
수만의 티볼트가 죽었구나. 티볼트의 죽음으로만
끝났어도 충분히 슬픈 일이지.
아니 침울한 슬픔이 친구를 좋아해서
필시 다른 슬픔과 무리 지을 심산이었으면
유모가 "티볼트는 죽었소"라고 말했을 때
"아가씨 부친도" 혹은 "아가씨 모친도" 혹은 두 분 다라고
이어 말하지 않았을까?
그랬다면 적당히 슬퍼했을 텐데.
그러나 티볼트의 죽음에 뒤이어 나온
"로미오는 추방당했소"란 그 말 한마디에
아버지 어머니 티볼트 로미오 줄리엣
모두가 살해되었구나. 모두가 죽었어. "로미오는 추방당했소"
—
그 한마디가 가져다 준 죽음에는 한도 끝도 없고 경계도 없구나.
가늠도 불가능하니 그 슬픔 측량할 길 없네.
유모, 부모님은 어디 계신가?

유모 티볼트의 시체를 두고 울고불고 야단입니다.

그곳으로 가시겠다면 모셔다 드리지요.

줄리엣 눈물로 그의 상처를 씻고 계신다고? 부모님 눈물 그치시면
난 로미오의 추방을 두고 울어야겠구나.
이 밧줄을 집어 들게. 불쌍한 밧줄이여, 낭군님이 추방당했으
니
너나 나나 모두 속았구나.
내 침실로 오르기 위해 낭군이 너를 만들었지만
처녀인 나는 처녀 과부로 죽게 생겼구나.
유모, 그 밧줄을 이리 주게나, 내 첫날밤 신방으로 가서
낭군이 아니라 죽음과 더불어 초야를 치루겠네.

유모 서둘러 방으로 가세요. 로미오를 찾아서
아가씨를 위로하게 하리다. 내 그가 있는 곳을 잘 알지요.
귀담아 들으세요. 오늘 밤 로미오가 이리로 올 겁니다.
로렌스 신부의 암자에 숨어 있으니 내가 가서 이리로 보내 드
리지요.

줄리엣 그를 찾아가서 낭군에게 이 반지를 드리고
마지막 작별 인사를 하러 오라고 이르게.

(퇴장)

3막 3장

(로렌스 신부 등장)

로렌스 신부 로미오, 이 소심한 사람아, 나와 보게, 어서 나와.
고난이 그대 성품을 좋아하니
그대는 재앙과 결혼했군.

(로미오 등장)

로미오 신부님, 무슨 소식이라도? 영주의 판결은 무엇이죠?
나에게 악수를 청하는 내가 모르는
무슨 슬픔이라도 있습니까?

로렌스 신부 자네는 그런 슬픔과 너무 친한 동무이니
영주의 판결 소식을 전해주겠네.

로미오 영주의 판결이 죽음은 아니겠지요?

로렌스 신부 그 보다는 덜한 명이 떨어졌네.
육신의 죽음은 아니지만 육신의 추방이네.

로미오 아니, 추방이라고요? 차라리 자비롭게 사형을 내리시지.
추방이란 죽음보다 더 무시무시한 얼굴을 하고 있답니다.
"추방"이란 말씀은 거두어주시지요.

로렌스 신부 이곳 베로나에서 그대는 추방되었다네.
세상은 드넓고 광활하니 참아내게나.

로미오 베로나 성벽 밖은 세상이 아니라
연옥이고 고문이고 지옥입니다.
따라서 추방은 세상에서 추방이고
세상에서 추방됨은 곧 죽음이지요. 그러니 "추방"이란
곧 "죽음"을 잘못 말한 것입니다. 죽음을 "추방"이라 불러
신부님은 황금 도끼로 제 머리를 자르시고
저를 살해한 그 칼날을 보고 웃고 계십니다.

로렌스 신부 아 끔찍하고 무례한 배은망덕의 죄악이여!

법에 따르면 그대 죄는 죽어 마땅하지만 자비로운 영주께서
자네 편을 들어 법을 제쳐두고
그 사악한 "죽음"이란 말을 추방으로 고쳤다네.
이런 소중한 자비를 몰라본단 말인가.

로미오 이건 고문이지 자비가 아닙니다. 줄리엣이 살고 있는
이곳이 천국이지요. 고양이도 개도 생쥐도 하찮은 미물도
이곳 천국에서 살며 그녀를 처다 보는 판에
로미오는 그럴 수 없다니요. 로미오보다 심지어 시체에 붙은
쉬파리도 더 명예롭고 멀쩡하게, 더 조신답게 삽니다.
이것들은 줄리엣의 백옥 같은 귀한 손에 붙기도 하고,
그녀의 입술에서 불멸의 축복을 훔치기도 한답니다.
그들의 입맞춤을 죄라 여기고서 그녀의 입술은
순결한 처녀의 수줍음 가운데 항상 붉어집니다.
그러나 추방된 로미오는 그럴 수 없지요.
파리들도 이런 복을 누리는데, 나는 여기서 도망하는 신세.
그것들이 자유민이고 나는 추방당한 몸입니다.
그런데도 신부님은 추방이 죽음이 아니라고 강변하십니까?
신부님은 섞어놓은 독약도, 날카롭게 갈아놓은 칼도,
천하지 않게 즉사시킬 방도가 없어서
하필이면 "추방"이란 말로 나를 죽이십니까? 추방이라니!

아 신부님, 지옥의 저주받은 자들이 울부짖으며
그 말을 한답니다. 성직자이자 고해신부이시며
죄를 사하시는 분이시며 내놓고 저를 아끼시는 분이
어쩌면 "추방"이란 말로 제 몸을 난도질 할 그런
독한 마음을 가지셨단 말입니까?

로렌스 신부 이 어리석은 사람아, 내 말을 좀 더 들어보게.

로미오 또 다시 추방을 말씀하시려고요?

로렌스 신부 내 그대에게 그 말을 물리칠 갑옷을 주겠네,
추방된 자네를 위로할
역경에서의 단물 철학 말이야.

로미오 그래도 "추방"이란 말을 하십니까? 엿 먹어라, 철학!
철학이 줄리엣 같은 여인을 만들어낼 수 없고
도시를 옮기고 영주의 심판을 뒤집을 수 없다면
아무짝에도 소용이 없습니다, 소용이. 더는 듣고 싶지 않습니다.

로렌스 신부 그래, 미친 사람은 귀가 없는 법이지.

로미오 현자도 눈이 없는데 미친 사람에게 어떻게 귀가 있습니까?

로렌스 신부 자네의 처지에 대해 의논해보세.

로미오 자신이 못 느끼는 남의 감정에 대해 말할 수는 없지요.
신부님이 저처럼 젊고 줄리엣이 신부님 애인이고
한 시간 전에 결혼했고, 티볼트가 살해되었고
저처럼 사랑에 미쳤다가 추방되었다면
신부님도 소리 지르고, 머리칼을 쥐어뜯으며
지금의 저처럼 땅바닥에 벌렁 나자빠져
구르고 있지 않겠습니까? (땅에 쓰러진다.)

(유모가 무대 안쪽에서 문을 두드린다.)

로렌스 신부 일어나게, 사람이 왔네. 몸을 숨기게.

로미오 가슴앓이 신음을 토하는 입김이 안개처럼 나를 감싸 사람들의 시선에서 나를 가려준다면 몰라도 그렇지 않다면 절대로 숨지 않겠습니다.

(문 두드리는 소리.)

로렌스 신부 문소리 좀 들어보게—누구요?—로미오, 일어나게, 안 그러면 붙잡혀 갈 거야—잠시만 기다리시오—어서 일어서게.

(문소리 더 커진다.)

내 서실로 달려가게—곧 갑니다!—맙소사,

이 무슨 바보 같은 짓이지?—갑니다, 간다고요!

(문 두드리는 소리)

누가 이렇게 문을 세게 두드리지? 무슨 볼일로 어디서 왔소?

(유모 등장)

유모 우선 들어가서 용건을 말씀드리리다.

줄리엣 아가씨가 보내서 왔습니다.

로렌스 신부 그렇다면 잘 왔소.

유모 신부님, 아가씨 낭군 로미오는 어디에 있습니까?

로렌스 신부 눈물로 술 취해서 저기 땅에 쓰러져 있소.

유모 아, 아가씨와 똑같은 처지군요.

똑같아요. 아 서로 통하는 슬픔이여,

애처로운 광경이여! 아가씨 역시 저런 식으로
똑같이 울고불고 울고불고하며 누워있답니다.
남자라면 일어나시오, 일어나, 일어나라고요.
아가씨를 위해서 제발 발딱 일어서시오!
무슨 이유로 그렇게 깊은 신음에 빠졌단 말이오?

(로미오 일어난다.)

로미오 유모—

유모 그래요 서방님. 죽으면 모든 것이 끝이지요.

로미오 자네 조금 전 줄리엣 얘기를 했던가? 그녀는 어떤가?
그녀 사촌의 피로 갓 태어난 우리의 행복을 망쳤다고
아가씨가 나를 노련한 살인자라 생각하고 있지는 않는가?
그녀는 어디서 어떻게 지내고 있는가? 우리의 결혼이 무효로
된 것에 내 숨겨놓은 신부는 뭐라고 하던가?

유모 아무 말 없이 울기만 하고 있습니다.
침대에 엎어졌다가 벌떡 일어나기도 하고
티볼트의 이름을 부르다가 로미오의 이름을 외치기도 하고
그러다간 다시 엎어지곤 합니다.

로미오 그 이름을 지닌 빌어먹을 손이 자기 사촌을 죽였으니,
마치 무섭게 겨냥한 총구에서 나온 것 인양 그 로미오란
이름을 부른단 말이지. 신부님, 말씀 좀 해주세요.
이 오장육부 어느 사악한 곳에 내 이름이
살고 있단 말입니까? 말씀만 해주시면 그 끔찍한 집을
다 부셔버리겠습니다.

(로미오가 단검으로 자신을 찌르려하자 유모가 빼앗아 치워버린다.)

로렌스 신부 그 끔찍한 손을 멈춰라!
자네가 남자인가? 몰골은 남자이군.
그러나 여자처럼 질질 짜고 있고, 거친 행동을 보면
분기를 다스리지 못하는 금수와 같군.
그럴듯한 남자 모습에 꼴사나운 여자이고
사람 같아 보이지만 흉측한 금수라!
혼란스럽구먼. 정말이지 나는 지금껏
그대 성미가 더 유순하다고 생각했다네.
그런데 티볼트를 죽이더니 자살을 하겠다고 하고,
스스로에게 끔찍한 몹쓸 짓을 해서
자네를 보고 살고 있는 아내마저 죽일 셈인가?
왜 부모와 하늘과 땅에 저주를 퍼붓는가?
조상과 하늘과 땅이 그 몸 가운데 합쳐졌으니

그 셋을 한 번에 다 버릴 셈인가?
부끄러운 줄 알게. 자네는 자네의 멀쩡한 외모와 사랑하는
애인과 타고난 머리를 모욕하고 있다네.
고리대금업자처럼 이를 다 가지고도
외모와 애인과 머리를 치장하는 참된 용도로는
하나도 쓰지 않고 있단 말일세.
그대의 훌륭한 겉모습은 사내의 용맹에서 멀어지면
밀랍 껍데기에 지나지 않지.
자네의 그 소중한 사랑의 맹세 또한 속빈 위증에 불과해
아껴주기로 맹세한 그 여인을 죽이는 꼴이지.
외양과 사랑의 마음을 장식해주는
자네의 머리는 이 둘을 잘못 인도하고,
무식한 군인의 화약통에 든 화약마냥
자네의 성급한 어리석음으로 불붙어
자네를 지켜주기는커녕 사지를 날려버리지.
자, 일어나시지! 조금 전까지 자네가 죽고 못 살았던
자네의 줄리엣이 살아있으니
자네는 행복한 사람이지. 티볼트가 자네를 죽이고 싶겠지만
자네가 그를 죽였으니 이 또한 행복한 일이지.
사형의 위협을 가했던 법이 자네 친구가 되어
사형을 추방으로 바꿔주니 이 또한 자네에게 행복한 일.

자네 등에 축복의 꾸러미가 떨어져서
행복이 가장 화려하게 치장을 하고 자네에게 구혼하는 마당
에
자네는 심술 사나운 뚱한 여자같이
자네의 운명과 사랑에 대해 불평을 해대는군.
조심하게, 조심해. 그런 자는 비참하게 죽는다네.
결심한 대로 애인한테로 가게나.
그녀 방으로 올라가 위로해주게나.
그러나 파수꾼이 서는 시각까지는 머물지 말게.
그러면 자네는 만투아로 못 가네.
거기 가서 살고 있으면 때를 보아 자네 결혼을 알리고,
자네 양가 친척들을 화해시키고
영주의 사면을 구해서 자네를 불러올 것이니
그 때 가면 한탄 속에서 이곳을 떠날 때보다
수십만 배는 더한 환희 속에서 돌아오게 될 걸세.
유모는 먼저 가게. 아가씨께 내 안부 전해주고,
깊은 슬픔 때문에 모두 쉬이 잠들 테니
아가씨더러 온 집안사람들을 서둘러 재우라고 이르게.
로미오도 곧 가네.

유모 오 하느님, 여기 남아 밤새 이런 좋은 말씀을 들을 수도 있겠

네요.

아, 참 대단한 학식이십니다!

서방님, 아가씨께 곧 오신다고 전하겠습니다.

로미오 그러게. 그리고 아가씨께 꾸지람을 맞을 각오가 되어 있다고 전하게.

유모 서방님, 이 반지를 전하라고 했습니다.

늦었으니 서두르세요, 빨리.(퇴장)

로미오 이 반지로 인해 내 위로감이 되살아났구나.

로렌스 신부 자 그럼 잘 가게. 상황은 이렇다네.

파수가 서기 전에 이곳을 빠져나가든지

아니면 새벽에 변장을 하고 가게.

만투아에 머물고 있으면 내 자네 하인을 찾아서

이곳에서 일어나는 모든 좋은 소식을

이따금씩 자네에게 전해줄 참이네.

자 늦었으니 작별의 악수를 하세. 잘 가게.

로미오 형언할 수 없는 기쁨이 나를 소리쳐 부르고 있지 않다면 이렇게 서둘러 신부님과 헤어지는 것은 큰 슬픔이겠지요.

안녕히 계십시오.

(각각 퇴장)

3막 4장

(늙은 카풀렛과 그의 부인, 패리스 등장)

카풀렛 사태가 너무나 고약하게 되어서
딸을 설득할 여유가 없었소이다.
들어 보시오, 딸아이는 사촌 티볼트를 끔찍이 아꼈고
나 또한 그랬소. 그래, 사람은 다 죽는 법이지요.
이제 시간이 늦어서 딸아이가 오늘 밤에는 내려오지 않을 것이오.
정말이지 백작님만 아니었으면 나도 한 시간 전에
이미 잠자리에 들었을 것이오.

패리스 이런 슬픈 때에 구혼은 말이 안 되지요.
부인, 잘 주무시오. 딸에게 내 안부나 전해주시오.

카풀렛 부인 그러지요, 내일 아침 일찍 딸의 마음을 떠보지요.
오늘밤은 절망으로 두문불출이랍니다.

(패리스가 가려고 하자 카풀렛이 다시 부른다.)

카풀렛 패리스 백작님, 딸아이의 사랑을 감히
내 보증하지요. 모든 점에서 제 말을
들을 겁니다. 틀림없이 그 이상이지요.
부인, 잠자리에 들기 전에 딸에게 한 번 가보시오.
여기 사위될 패리스의 사랑을 아이에게 알려주고,
내말 잘 들으시오, 돌아오는 수요일에 준비를
하라고 아이에게—
그런데 가만, 오늘이 며칠이지?

패리스 월요일입니다, 장인어른.

카풀렛 월요일이라! 하, 하, 그렇다면 수요일은 너무 급한데.
목요일로 합시다. 딸에게 이르시오, 목요일에 이 훌륭하신
백작님과 혼인을 맺게 될 것이라고.
부인, 준비할 수 있겠소? 이렇게 서둘러도 좋소?
조촐하게 치룰 것이오, 가까운 사람끼리만.
명심하시오. 티볼트가 살해된 마당에

우리가 너무 요란한 결혼식을 치루면
사람들은 우리가 조카의 죽음을 너무
소홀이 여겼다고 생각할 것이오.
그러니 가까운 친구들 대여섯 명만
초대할 것이오. 백작 생각에 목요일이 어떻소?

패리스 장인어른, 목요일이 바로 내일이었으면 좋겠습니다.

카풀렛 자, 그러면 가보시오. 목요일로 정합시다.
부인은 잠자리에 들기 전에 딸에게 가보시오.
결혼식에 대비해서 준비를 시키시오.
백작님, 잘 가시오. 여봐라, 내 방에 불을 밝혀라!
아이쿠, 시간이 너무 늦어서
곧 새벽이 오겠군. 잘 자시오.

(모두 퇴장)

3막 5장

(로미오와 줄리엣이 이층 창문에 모습을 드러낸다.)

줄리엣　가시겠다고요? 아직 동이 트지 않았어요.
내 귀청을 뚫고 들어온 소리는 종달새가 아니라
소쩍새 울음소리예요.
밤마다 소쩍새는 저기 석류나무에서 울지요.
정말이지 소쩍새 울음소리였다니까요.

로미오　소쩍새가 아니라 아침의 전령,
종달새 울음이었소. 저기 동녘에 시샘하는
빛줄기가 구름을 가르며 수놓고 있는 것을 보시오.
밤의 촛불들은 다 꺼졌고, 개구쟁이 대낮이
안개 낀 산정에 깨금발을 하고 서 있소.

목숨을 부지하려면 가야하고, 아니면 남아서 죽든지.

줄리엣 저 빛은 여명이 아닙니다, 진짜에요.
저것은 오늘 밤 그대의 횃불잡이가 되어
만투아로 가는 그대 발길을 비춰줄
태양이 보내준 유성이랍니다.
그러니 더 머무세요. 아직은 가지 않으셔도 된답니다.

로미오 그대가 원한다면야 잡혀
죽어도 좋소.
저 회색빛은 아침의 눈이 아니라
달의 이마가 희미하게 반사한 때문이라 우기고,
우리 머리 위 저 드높은 창공을 때리는
곡조도 종달새 울음소리가 아니라고 우기겠소.
나 역시 가지 않고 더 머물고 싶은 마음 굴뚝같다오.
줄리엣이 원한다면 자, 죽음이여 오라, 기꺼이!
마음에 드나요, 내 사랑? 아직 날이 밝지 않았으니 얘기나 합시다.

줄리엣 아니, 아침이랍니다, 아침. 빨리 가세요, 어서.
거친 불협화음과 거슬리는 고음을 억지로 뽑아내며

불쾌하게 노래하는 저 새는 종달새랍니다.
종달새는 달콤한 소리를 낸다고들 말하지만
틀렸어요, 우리를 갈라놓는 새니까요.
종달새와 역겨운 두꺼비가 서로 눈을 바꾼다는 얘기가 있죠.
그 목소리 우리의 팔짱을 서로 풀게 만들고
새벽의 세레나데로 그대를 이곳에서 몰아내니
그 둘이 서로 목소리도 바꿨더라면 좋았을 것을.
아, 이제 가세요! 점점 더 밝아지고 있어요.

로미오 더욱 밝아질수록 우리의 슬픔은 더욱 더 짙어진다오.

(유모 서둘러 등장)

유모 아가씨!

줄리엣 유모인가?

유모 마님께서 아가씨 방으로 오고 계십니다.
날이 밝았으니 조심하세요.

(퇴장)

줄리엣 그렇다면 창문이여, 햇빛을 들여보내고 목숨 같은 임을 내보내다오.

로미오 안녕, 안녕. 한 번만 더 입 맞추고 내려가리다.

(로미오 내려간다.)

줄리엣 사랑이여, 낭군이여, 남편이며, 애인이여, 이렇게 가십니까?
매일 매 순간 소식 전해주세요,
일분이 여삼추니까요.
이런 셈법으로 다시 내님을 만나려면
나는 파파 할머니가 되겠어요.

로미오 잘 계시오.
기회 있을 때마다 잊지 않고
그대에게 소식을 전하리다.

줄리엣 아, 우리 다시 만날 수 있을까요?

로미오 무슨 소리요. 이 모든 슬픔이 다가올
미래에는 좋은 추억거리가 될게요.

줄리엣 하나님 맙소사, 예감이 불길해요!
저 아래계신 그대가 무덤바닥에 누운
사자처럼 보이는군요.
내가 잘못 보는 것이 아니라면 그대는 창백하군요.

로미오 걱정 마시오. 내 눈에는 그대 또한 그래 보이니.
슬픔은 피를 말리는 법. 안녕, 안녕!

(퇴장)

줄리엣 아 운명의 여신이여, 사람들은 모두 그대를 변덕쟁이라 부르지.
그대 진정 변덕쟁이라면 지조 높기로 유명한 내 님을
가만둘 생각이냐? 운명의 여신이여, 변덕을 부려
내 님을 오래 붙들어두지 말고
내 곁으로 곧장 되돌려 보내주시오.

(무대 안쪽에서 카풀렛 부인 등장)

카풀렛 부인 애야, 벌써 일어났니?

줄리엣 날 부르는 사람이 누구지? 어머니 목소리군.
아직 안 주무셨나 아니면 이렇게 일찍 일어나셨나?

무슨 때 아닌 볼일로 이곳에 오셨을까?

(줄리엣이 창틀에서 내려앉는다.)

카풀렛 부인 그래 얘야, 무슨 일이 있느냐?

줄리엣 어머니, 몸이 좋지 않아요.

카풀렛 부인 티볼트의 죽음 때문에 계속 울고 있는 거야?
아니 눈물로 그를 무덤에서 꺼내올 셈이냐?
그래봤자 살아 돌아올 목숨 아니다.
그러니 그만 그치거라. 적절한 슬픔은 애정의 표시지만
슬픔이 지나치면 어리석음으로 비칠 뿐이란다.

줄리엣 그렇지만 상실이 너무 크니 울게 해주세요.

카풀렛 부인 너만 슬프지 죽은 사람이
그 슬픔을 안다던.

줄리엣 허전함이 커서
떠난 사람을 위해 울지 않을 수 없어요.

카퓰렛 부인 그렇다면 망자를 위해서 울 것이 아니라
그를 살해한 그 악당이 살아있음을 슬퍼해라.

줄리엣 어머니, 무슨 악당 말입니까?

카퓰렛 부인 그놈 로미오 말이다.

줄리엣 (방백)
악당과 그는 천리나 떨어져 있지.
하나님, 그이를 용서하소서! 맞습니다, 어머니,
그자처럼 내 가슴 찢어놓는 사람도 없답니다.

카퓰렛 부인 그놈이 살인자니 당연하지.

줄리엣 아, 어머니, 이 내 두 손으로 붙잡아
티볼트 오빠의 복수를 내가 할 수만 있다면 얼마나 좋겠어요!

카퓰렛 부인 걱정마라, 우리가 복수할거다.
그러니 이제는 울지 말고. 그 추방된 도망자가 머물고 있는
만투아의 약제사에게 그 악당 놈에게
치사량의 독약을 주라고 이르는 전갈을 보낼 것인즉

그놈은 곧 티볼트와 동무 되어 황천길로 갈 것이다.
그러면 네 속이 시원해 질 것이야.

줄리엣 정말로 로미오를 보기 전까지는 속이
풀리지 않을 겁니다. 죽어서—
죽은 오빠 때문에 내 마음이 죽은 거나 마찬가지랍니다.
어머니, 독약을 가져갈 사람을 찾게 된다면 제조는
제가 하겠어요.
로미오가 그 독약을 먹자마자
편안히 잠들어 버리도록. 그자의 이름을 듣고도
그자에게 달려가 오빠를 살해한
그 몸에 오빠에게 지녔던 내 사랑의 복수를 할 수 없다니
얼마나 끔찍한 일인지요.

카풀렛 부인 나는 사람을 구할 것이니 너는 방법을 찾아 보거라.
그러나 지금은 기쁜 소식을 들려주마.

줄리엣 이런 침울한 때에 기쁜 소식 좋지요.
그 기쁜 소식이 뭡니까, 어머니?

카풀렛 부인 애야, 아버지는 생각이 깊으셔서

너의 슬픔을 떨쳐내려고
너나 내가 생각지도 못했던
그런 길일을 받아놓으셨단다.

줄리엣 어머니, 다행이군요. 그게 어느 날 입니까?

카풀렛 부인 그래, 돌아오는 목요일 오전이란다.
젊고 용감한 훌륭한 패리스 백작 양반께서
성 베드로 교회에서 너를 배필로
맞기로 했단다!

줄리엣 성 베드로 교회와 그곳 성자께 맹세코
저는 그의 신부가 되지 않을 겁니다!
남편 될 사람이 청혼하기도 전에
이렇게 서둘러 식을 올려야 되는
이유를 저는 모르겠습니다.
어머니가 백작과 아버님께 말씀드려주세요,
저는 아직 결혼할 준비가 안 되었다고. 맹세코
제가 결혼하게 되면 신랑감은 패리스가 아니라
제가 증오하고 있다고 생각하시는
로미오가 될 것입니다. 정말 이건 뜻밖의 소식이군요!

카풀렛 부인 마침 아버지가 오시니 네 입으로 그렇게 직접 말씀드리고
어떻게 받아들이시는지 네 눈으로 똑똑히 보아라.

(카풀렛과 유모 등장)

카풀렛 해가 지면 땅에는 이슬이 내리지만
조카의 죽음에는
비가 내리는구나.
울보야, 좀 어떠니? 아니, 아직 눈물을 머금고
소낙비를 계속 퍼붓는단 말이냐? 그렇게 가냘픈 네 몸이
흡사 바람 치는 바다와 배를 닮았구나.
바다 같은 네 눈에 여전히 눈물이 들왔다 빠졌다 하니 말이다.
편주 같은 네 몸은 바닷물에 떠 있고 네 한숨은 바람이 되어
눈물과 싸우고 눈물은 한숨과 싸우니
그 싸움 멈추지 않는다면 태풍에 휩쓸린 네 몸을
그것들이 전복시키고 말겠구나.
자 여보, 우리의 결정을 저 애에게 알려주었소?

카풀렛 부인 예, 그렇지만 고마워하면서도 안 하겠답니다.
저 얼간이가 죽어버렸으면 좋겠어요.

카풀렛 아니 부인, 알아듣게 얘기하시오, 알아듣게 말이오.
안 하겠다니 무슨 말이오? 애가 고마워하지 않는단 말이오?
즐거워하지 않는단 말이오? 하찮은 저에게 그렇게
훌륭한 양반의 배필이 되도록 우리가 짝지어주었으니
복이 터졌다 여기지 않는단 말입니까?

줄리엣 고맙지만 즐거운 일은 아닙니다.
미워하는 것을 즐거워할 수는 없지만
저에 대한 사랑 때문이니 그 달갑잖은 중매도 고마운 일이지요.

카풀렛 아니, 이게 무슨 괴변이야? 이게 도대체 무슨 말이냐?
"기쁘고" "고맙지만" 또한 "고맙지 않습니다,"
그렇지만 "기쁘지 않습니다"라니? 그래 너 작은 마님아,
고마워하지 않고 기뻐하지 않아도 좋으니
오는 목요일을 대비해 그 아름다운 팔다리를 잘 묶고
패리스와 함께 성 베드로 교회로 가도록해라
그렇지 않으면 짐마차에 매어서라도 끌고 가겠다.
애송이 같은 년아, 꺼져버려! 짐짝 같은 년,
희멀건 얼굴 꼬락서니하고 설랑!

카퓰렛 부인 아니, 당신 지금 미쳤어요?

줄리엣 아버지, 이렇게 무릎 꿇고 빕니다,
고정하시고 한 말씀만 더 들어주세요.
(무릎을 꿇고 앉는다.)

카퓰렛 이 불충한 짐짝 같은 년, 뒈져버려라!
내 말 명심하고 목요일에 교회로 가지 않으면
내 얼굴 다시는 볼 생각 마라.
말대꾸하지 말고 입 뻥긋도 하지 마라.
얻어맞기 싫거든. 부인, 하느님이 이 외동딸을
보내주셔서 우리가 복 받았다 생각했더니
이제 보니 이 하나도 너무 과하고
이 자식이 축복이 아니라 저주요.
망측한 것, 꺼져라!

유모 하느님 맙소사!
주인님, 아가씨를 그렇게 모질게 나무라실 수 있나요?

카퓰렛 그래, 척척박사님은 입 좀 다무시지.
저 오지랖, 자네 수다친구들하고나 조잘거리시게.

유모 제가 못 할 말 했나요?

카풀렛 그래, 가보라니까!

유모 아니 입 달고 말도 못해요?

카풀렛 조용하지 못할까, 수다스런 얼간이 같이!
그런 충고는 죽 사발 나눠먹는 여인들에게나 하게나.
나는 그런 충고 필요 없으니.

카풀렛 부인 너무 화가 나셨군요.

카풀렛 제기랄, 화를 돋우는군.
밤낮으로, 시시각각, 일할 때나 놀 때나
혼자일 때나 사람들과 어울릴 때나 항상
마음은 딸년 혼사 치루는 일이었소. 그래서 뼈대 있는 집안에
재산 든든하고 가문 좋고, 소위말해 유덕하기 그지없고
남자로서 더할 나위 없이 미끈하게 생긴 양반을
배필로 마련해 주었소.
그랬더니 저 질질 짜는 얼간이, 저 철부지가
복을 코앞에 받아놓고

고작 한다는 말이 "사랑할 수 없고, 아직 어리니 제발이지
결혼하지 않겠어요"라니.
그래 결혼하지 않겠다면 멋대로 해봐라!
어디서 얻어먹던, 내 집에 들이지는 않을 것이다.
내 진심이니 잘 생각해보라.
목요일이 낼모레니 가슴에 손을 얹고 잘 생각해라.
네가 정녕 내 딸이면 백작과 결혼시킬 것이고,
아니라면 길바닥에서 굶어 죽는 한이 있어도
정말 나는 모른 체 할 것이고
한 푼도 보태주지 않을 것이다.
내 말 명심하고 잘 생각해라. 헛소리가 아니야.

(퇴장)

줄리엣 하늘도 무심하지
내 슬픔을 알아주는 이 없단 말인가?
아, 어머니, 저를 버리시 마세요.
한 달만 이 결혼을 늦춰주세요, 아니 일주일만.
그것도 안 된다면, 티볼트 오빠가 누워있는
그 어둔 납골당에 제 신방을 차려주세요.

카풀렛 부인 너하고는 한 마디도 말 섞기 싫으니 나에게 말하지 마라.

너하고 볼일 없으니 네 하고 싶은 대로 해라.

(퇴장)

줄리엣 오 하나님! 유모, 어떻게 이 일을 막아낸단 말인가?
하느님께 서약한 남편이 멀쩡하게 살아있는데.
남편이 죽어 하늘나라에서 그 서약 지상으로
되돌려 보내지 않는다면 어찌 그 혼인
파기될 수 있겠는가? 방법이 있거든 나 좀 알려주게.
아이고, 아이고, 나같이 어리고 약한 사람에게
하늘도 무심하지 이 무슨 얄궂은 장난이람.
유모, 말 좀 해보게. 무슨 위로될 기쁜
소식이라도 없단 말인가?

유모 소식인즉
로미오는 추방당했고 그가 돌아와서 아가씨를
아내로 맞을 일은 전무하다는 것입니다.
돌아온다 하더라도 몰래 도망쳐오는 길뿐입니다.
그러니 현재의 상황으로는
아가씨가 백작과 결혼하는 것이 최선이라 생각됩니다.
백작은 훌륭한 양반이지요.
거기에 비하면 로미오는 행주에 불과하지요. 아가씨,

패리스의 눈은 독수리보다 더 푸르고 생기 있고
아름답답니다. 맙소사,
이번 재혼으로 초혼 때보다 아가씨는
더한 행복을 누리게 될 것입니다.
패리스가 로미오보다 못하다 한들
로미오는 죽은 목숨이죠. 그가 이곳에 살아있다 한들
아가씨와 그는 만날 수도 없어요.

줄리엣 진심인가?

유모 진심이죠, 아니면 벼락을 맞아야죠.

줄리엣 아멘.

유모 뭐라고요?

줄리엣 참 대단한 위안이 되었단 말이네.
들어가서 어머니께 이르게.
나 아버지 마음을 상하게 한 죄를
고해하고 면죄받기 위해서 로렌스 신부의 암자에 갔다고.

유모 그러죠, 이것 참 좋은 생각이오.

(줄리엣, 유모의 뒷모습을 바라본다.)

줄리엣 빌어먹을 늙은이! 요망한 것!
수천 번씩이나 비할 데 없다고 입이 마르게
칭찬하던 그 주둥아리로 내 낭군을 욕하는 것이
더 큰 죄인가, 아니면 내가 결혼의 맹세를
저버리기를 바라는 것이 더 큰 죄인가?
충고를 주던 유모여, 자네와 나는 이제부턴
서로 남남이야.
신부님에게 가서 수습책을 알아봐야겠다.
만사가 실패하면 죽어버려야지.

(퇴장)

4막 1장

(로렌스 신부와 패리스 백작 등장)

로렌스 신부 목요일이라고 했습니까? 시간이 너무 촉박하군요.

패리스 장인께서 그 날을 원하시니
나로선 늦출 이유가 없죠.

로렌스 신부 아가씨의 속마음을 모르겠다고 하셨죠?
일이 순조롭지 않아 마음이 내키지 않습니다.

패리스 티볼트의 죽음을 두고 그녀가 너무나 슬피 울어서
사랑을 얘기할 겨를이 없었소.
상가에서 혼사 얘기할 게재가 아니니.

이제, 장인께서 딸아이가 지나치게 슬픔에 빠져
지내는 것이 위험한 일이라 간주해서
이 홍수 진 눈물을 막아낼 심산으로 결혼을
서두르고 계신다오.
그대로 혼자 놔뒀다간 그 눈물바다에 익사할 지경이니
짝을 맺어주어 이를 물리칠 생각이라오.
이제 이렇게 서두르는 이유를 아셨지요.

로렌스 신부 (방백)
이 혼사를 늦춰야 할 이유를 몰랐으면 좋으련만.
저기 보세요, 아가씨께서 이곳 암자를 향해오고 계시네요.
(줄리엣 등장)

패리스 나의 여인이여, 잘 왔소.

줄리엣 결혼하면 그리 되겠지요.

패리스 돌아오는 목요일에 그리 될 것이오.

줄리엣 될 일이면 그리 되겠지요.

로렌스 신부 그건 틀림없는 사실이오.

패리스 신부님께 고해하러 온 것이오?

줄리엣 그 대답 이전에 백작님께 고해할 일이 있답니다.

패리스 나를 사랑한다는 말을 신부님께 고해주시오.

줄리엣 신부님을 사랑한다는 말을 백작님께 고하겠습니다.

패리스 나를 사랑한다는 말도 틀림없이 고해주시오.

줄리엣 그런 고백을 한다면 백작님 면전에서 보다야
등 뒤에서 하는 것이 더욱 값지겠죠.

패리스 가엽게도 너무 울어서 얼굴이 많이 상했구려.

줄리엣 울기 전에도 못생긴 얼굴이니
딱히 해 될 것도 없는 셈이죠.

패리스 눈물보다 심하게 그 말이 얼굴을 깎아내리는군요.

줄리엣 사실을 말하는 것은 비방이 아니지요.
더군다나 제가 방금 한 말은 제 얼굴에 대고 한 것이니까요.

패리스 그대 얼굴은 내 것인데도 거기다 대고 비방을 했소.

줄리엣 이미 제 얼굴이 아니니 그럴지도 모르죠.
신부님, 지금 시간이 되십니까,
아니면 저녁 미사 시간에 다시 올까요?

로렌스 신부 슬픔에 찬 아가씨, 지금 시간이 있습니다.
백작님, 그럼 둘이서만 실례하겠습니다.

패리스 아차, 고해를 방해할 수는 없지요!
줄리엣 양, 목요일 아침 일찍 깨워드리리다.
그때까진 안녕히 잘 계시오.

(퇴장)

줄리엣 문을 꼭꼭 닫은 후에 이리 오셔서
희망도 대책도 도움도 없는 나와 함께 울어주세요.

로렌스 신부 아 줄리엣, 이미 그대의 슬픔을 알고 있다오.

나도 어찌할 바를 모르겠소.
돌아오는 목요일에 그대가 이 백작과 결혼해야 하는데
이를 늦출 방도가 없다고 들었소이다.

줄리엣 신부님, 이를 막을 방책을 알려주실 수 없다면
이 소식을 들어 알고 있다고 말씀도 마세요.
신부님 머리로도 도움을 주실 수 없다면
내 뜻이 현명한 결심이라고나 말해주세요.

(칼을 꺼내 보이며)

이 칼로 곧장 해결을 봐야겠어요.
나와 로미오의 심장을 하느님이 맺어주고, 신부님이 우리 손을 포개어
주셨으니 신부님이 로미오의 손에 포개준 이 손으로
다른 혼인문서에 서약하기 전에,
아니면 내 진심이 변절하여
다른 사람에게로 돌아서기 전에 이 칼로
이 손과 이 심장을 죽일 거예요.
그러니 신부님의 오랜 경험에서 우러나온
바로 소용될 충고를 해주세요. 아니면 보세요,
곤경에 처한 나에게 이 유혈의 칼날이
심판관이 되어 신부님의 경륜과 지혜로도

영예로운 결과에 이르지 못했던 바를
끝장을 낼 겁니다.
바로 말씀해주세요. 신부님이 처방을 내놓지 않는다면
차라리 죽고 싶어요.

로렌스 신부 한 가닥 희망이 보이니 참으시오.
우리가 막아야하는 일이 시급한 만큼이나
서둘러서 이 또한 실행에 옮겨야겠소.
패리스 백작과 결혼하기보다는
스스로 목숨을 끊을 생각이 완강하다면
이 치욕스런 결혼에서 벗어나기 위해 죽음과
맞부딪히고, 이 치욕을 물리칠 수 있다면
죽음보다 더한 것이라도 행할 것 같아 보이니
아가씨가 원한다면 방도를 알려줄 생각이오.

줄리엣 패리스와 결혼하는 일만 아니라면 탑에서 떨어지라 하셔도,
도둑들 우글거리는 길을 가라하셔도, 뱀의 소굴에 숨으라고
하셔도 따르겠어요. 으르렁거리는 곰과 같이 저를 묶어
놓으셔도, 죽은 사람들의 유골 부딪히는 소리와
악취 나는 정강이뼈와 아래턱 없는 노란 해골 가득한
납골당에 밤마다 숨으라 하시고,

새로 만든 무덤으로 들어가서 수의를 입은 시체와 더불어 숨으라고
하셔도 모두 겁 없이 의심 없이 따르겠습니다,
사랑하는 낭군님의 흠 없는 아내로 살아남을 수만 있다면.
전에는 이런 일을 듣기만 해도 온 사지가 떨렸지만 이젠 아니어요.

로렌스 신부 그렇다면 가만있으시오. 집에 가서 얼굴을 펴고 패리스와
결혼하겠다고 말하시오. 내일은 수요일이니
내일 밤은 유모도 그 방에서 동침하게 하지말고
혼자서만 잠자리에 드시오.
이 약병을 가지고 잠자리에 들고
이 정제된 물약을 곧장 마셔버리시오.
그러면 차갑고 졸린 기운이 온 혈관에 돌아
맥박이 뛰지 않고 멈출 것이오.
온기도 사라지고 숨결도 다 멈춰 죽은 사람처럼 될 것이외다.
입술과 뺨의 홍조도 창백한 잿빛으로 변할 것이고
생명 다한 시체처럼 눈꺼풀도
내려앉을 것입니다.
사지는 움직임을 잃고
시체처럼 뻣뻣하고 차가워질 것입니다.

쪼그라든 이런 시체의 모습을
42시간 동안 계속 하고 있다가
행복한 잠에서 깨어나듯 깨어나게 될 것이오.
아침에 신랑이 잠자리에서 아가씨를 깨우러 올 때면
죽은 사람이나 다름없을 것이오.
그러면 우리고장 풍습대로
아가씨께 가장 좋은 옷을 입히고 사람들이 보도록
상여에 태워 아가씨를
카풀렛 가의 온 조상들이 묻혀있는
그 옛 납골당으로 옮길 것이오.
그동안에 아가씨 깨어나길 기다리던
로미오가 내가 보낸 편지로 우리 계획을 알고서
그곳으로 달려올 것입니다. 그러면 그와 내가
아가씨 깨어나길 기다리다 바로 그날 밤 안으로
로미오가 아가씨를 만투아로 데려갈 것입니다.
그러면 아가씨는 이 치욕을 피하게 될 것입니다.
겁을 먹거나 변덕 때문에 이 계획을
실행에 옮길 용기가 꺾이지만 않는다면 말입니다.

줄리엣 겁 얘기는 할 필요도 없고, 어서 주세요, 어서!

로렌스 신부 잠깐! 가서 마음을 단단히 먹고 이 계획을 성공시키시오. 그대 낭군에게 가는 내 편지를 만투아로 가져갈 수사를 서둘러 보내겠소.

줄리엣 사랑이여 내게 힘을 주소서. 그러면 그 힘에서 도움이 나올 겁니다. 신부님, 안녕히 계십시오.

(모두 퇴장)

4막 2장

(카풀렛 경과 그의 부인, 유모 하인들 두셋 등장)

카풀렛 여기 쓰여 있는 대로 손님들을 모셔오너라.

(하인 퇴장)

여보게, 자네는 가서 능숙한 요리사를 이십여 명 구해오게.

하인 손가락을 쪽쪽 빨아먹는 훌륭한 요리사들만 골라올 생각이라 엉터리는 없을 것입니다, 주인어른.

카풀렛 어떤 방식으로 좋은 요리사를 알아본다고?

하인 자신의 손가락을 빨아먹지 않는 요리사는 엉터리입죠. 그러니 손가락을 빨아먹지 않은 요리사는 데려오지 않을 것입니다요.

카풀렛 어서 가게.

(하인들 퇴장)

혼인잔치 준비가 소홀하겠구먼.
그래, 딸년은 로렌스 신부한테 갔나?

유모 그렇습니다.

카풀렛 신부가 잘 타일러줘야 할 텐데.
이 고집불통, 어리석은 년.

(줄리엣 등장)

유모 마침 밝은 표정으로 고해성사에서 돌아오는군요.

카풀렛 고집쟁이야, 그래 이제 기분이 어떠냐? 어디를 그렇게
쏘다니다 오는 거야?

줄리엣 아버지의 명령을 고분고분 따르지 않았던
죄를 회개하고 오는 길입니다. 로렌스 신부님이

아버지께 무릎을 꿇고 용서를 빌라고 충고하셨습니다.
제 용서를 받아주세요, 아버지.
앞으로는 아버지 말씀 잘 듣겠습니다.

(줄리엣이 무릎을 꿇는다.)

카풀렛 백작을 불러와서 이 사실을 말해주거라.
내일 아침에 혼인을 치룰 것이다.

줄리엣 신부님 암자에서 젊은 백작님을 만나서
예의를 지키는 범위 안에서
얼마나 양순한 아내가 될 것인지 말씀드렸습니다.

카풀렛 그거 반가운 소리구나. 잘 했다. 일어서거라.
암 그래야지. 어디 보자—백작이군!
자, 가서 백작을 이리로 모셔오너라.
하느님 앞에 맹세코, 우리의 온 시민들이
이 성스런 신부님에게 감사한 마음이지.

줄리엣 유모, 나와 함께 내 방에 가서
내일 예식에 어울릴 장신구들을
고르는 일을 도와주겠어?

카풀렛 부인 아니다. 식은 목요일이니 아직 시간이 있다.

카풀렛 유모, 아이와 같이 가게. 내일 예배당으로 갈 것이네.

(줄리엣과 유모 퇴장)

카풀렛 부인 오늘 벌써 밤인데
그러면 준비할 새가 없어요.

카풀렛 쓸데없는 소리. 내가 서둘러 준비할 것이니
아무 염려 없을 것이오.
당신은 가서 딸 치장하는 일이나 도와주시오.
나는 오늘밤을 새워 이번 혼사를 준비하겠소.
내가 알아서 하겠소.

(카풀렛 부인 퇴장)

다들 갔구먼. 그렇다면 내가 직접 패리스 백작 댁으로
가서 내일 혼사를 준비하라고 일러야겠군.
이 천방지축 딸년이 마음을 고쳐먹어서
마음이 한결 가볍구나.

(퇴장)

4막 3장

(줄리엣과 유모 등장)

줄리엣 이 옷들이 좋겠어. 그런데 유모,
오늘밤은 나 혼자 자게 해주게.
자네도 잘 알다시피 죄 많고 꼬여있는
내 운명에 복을 내려달라고 하늘에
빌어야할 일들이 많다네.

(카풀렛 부인 등장)

카풀렛 부인 아니, 뭐가 이리 바쁘냐? 도와주렴?

줄리엣 아닙니다, 어머니. 내일 신부에게 필요할
물건들은 이미 챙겨놨습니다.

괜찮으시다면 혼자 있고 싶습니다.
너무 급작스런 일을 치르시느라
손이 모자라실 텐데
오늘밤 유모를 데리고 주무십시오.

카풀렛 부인 잘 자거라.
피곤할 텐데 이제 푹 자거라.

줄리엣 안녕히 주무세요.

(카풀렛 부인과 유모 퇴장)

언제 다시 뵙게 될지 하느님만 아시겠지.
생명의 열기를 얼려버리는
차가운 공포가 온몸에 퍼지는 것 같구나.
어머니와 유모를 다시 불러 위로를 받아야겠군.
유모!— 아니지, 유모가 이 일에 무슨 도움이 되겠어?
이 끔찍한 일은 나 혼자 해야만 하지.
약병아, 이리 오너라.
이 약이 안 통하면 어떡하지?
그렇다면 내일 오전에 결혼식을 치러야한단 말인가?
아니지, 아니지! 그때는 이 칼이 막아 주겠지. 거기 가만있어라.

(칼을 내려놓는다.)

이 약이 독약이면 어떡하지?
신부님이 나를 이미 로미오와 혼인시켰기 때문에
이번 결혼으로 본인을 욕되지 않게 하려고
나를 죽이기 위해 몰래 독약을 처방해주셨다면?
독약일까 무섭지만 그럴 리는 없겠지.
신부님은 항상 성스런 분이셨으니까.
나를 구하기 위해 로미오가 오기 전에
무덤에 누워있던 내가 깨어나게 된다면?
겁나는 문제구나.
납골당 입구로는 맑은 공기가 스며들지 않으니
숨이 막혀서 로미오 낭군이 오기도 전에
죽게 되지나 않을까?
아니 살게 된다 해도,
수백 년 동안 돌아가신 조상들의 유골들이 쌓여있고
이제 갓 죽은 유혈이 낭자한 티볼트 오빠가
수의를 입고 악취를 풍기며 누워있는,
사람들 말로는 밤늦은 시간에 귀신들이 나온다는
그 오래 된 무덤인 납골당 같은 그런

무시무시한 곳에서
죽음을 생각하며 밤을 보내게 된다면—
생각만 해도 온몸이 오싹 하구나.
아이고, 아이고, 사람들이 그 소리 듣게 되면 미쳐버린다는
뿌리 뽑힌 멘드레이크[1]가 내는 것과 흡사한 외침소리와
역겨운 악취 등으로 내가 너무 일찍 깨어나게 되면—
깨어난다면 이들 끔찍한 공포에 휩싸여
미쳐버리지나 않을까,
미쳐서 조상들의 뼈를 가지고 놀고
난자당한 티볼트 오빠의 수의를 벗겨내고
이런 광기에 빠져 어떤 위대한 조상의 뼈를
몽둥이로 착각해서 이것으로 내 미친 머리통을
부숴버리지나 않을까? 아, 저기 오빠의 유령이
칼끝으로 자신의 몸을 찌른 로미오를 찾고 있구나.
티볼트 오빠, 멈추세요, 멈추어요!
로미오, 로미오, 로미오, 그대를 위해 내 이 약을 마십니다.

(줄리엣, 커튼이 쳐진 자신의 침대 위에 쓰러진다.)

---

1) 사람 모양을 한 독풀로 뿌리가 뽑힐 때 신음소리를 낸다는 전설이 있음.

4막 4장

(카풀렛 부인과 유모가 약초를 들고 등장)

카풀렛 부인 유모, 이 열쇠들을 가지고 가서 향신료를 더 꺼내오게.

유모 부엌에서 대추와 돌배를 가져다 달라고 하네요.

(카풀렛 등장)

카풀렛 자, 서두르게, 서둘러. 새벽닭이 두 번째 울었고
새벽종이 울렸고, 벌써 세시가 지났소.
여보 안젤리카, 돈 생각 말고
음식을 마련하오.

유모 비키시오, 앞치마 두른 양반, 비켜요.

한숨 붙이시오. 밤새 뜬눈으로 지새우셨으니
틀림없이 내일은 앓아누울 것이오.

카풀렛 무슨 소리! 끄떡없어. 이만 못한 일로 전에도 밤을
꼴딱 새웠는데 전혀 문제없었소.

카풀렛 부인 당신 한창때는 여자들 꽁무니를 따라다녔지만
이제는 내가 여자구경 못하도록 당신을 감시하리다.

(카풀렛 부인과 유모 퇴장)

카풀렛 또 강짜야, 강짜!

(서너 명의 하인들이 꼬치와 장작과 바구니를 들고 등장)

여보게, 거기 뭐가 들어있나?

하인 1 뭔시 모르셨습니다만 요리사에게 필요한 물건들입니다.

카풀렛 그렇다면 서두르게, 서둘러.

(하인 1 퇴장)

여보게, 피터를 불러 물어보면 알려줄 것이니

가서 더 바싹 마른 장작을 가져오게.

하인 2 피터에게 물어보지 않고도
장작창고를 아는 정도의 머리는 저도 있습니다요.

카퓰렛 그래 대답 잘 했다! 고얀 놈 같으니!
얼간이 같은 놈. (하인 2 퇴장)

드디어 오늘이군!
새벽같이 오신다고 했으니
백작이 풍악을 울리며 곧 도착하겠지.
(풍악소리)

벌써 오셨군.
유모! 마누라! 여봐라! 여보게, 유모!
(유모 등장)

가서 줄리엣을 깨워서 치장을 시키게.
나는 가서 패리스와 얘기를 나누겠네. 서두르게나,
서둘러. 신랑이 벌써 오셨으니
서두르게.

(카풀렛과 하인들 퇴장)

4막 5장

유모 (커튼을 걷으러 가면서)

아가씨, 줄리엣 아가씨! 무슨 잠을 이렇게 곤히—
작은 마님! 늦잠꾸러기 아가씨!
사랑스런 새 신부! 왜 한마디 대답도 없소?
그래, 지금 늘어지게 자겠다는 거군.
한 일주일 자 두세요. 돌아오는 저녁에
패리스 백작이 밑천을 다 걸고 덤비면
아가씨는 쉴 수 없을 테니까. 맙소사,
이놈의 주둥아리. 너무 곤히 잠들어서
흔들어 깨워야만 하겠구나. 아가씨, 아가씨, 아가씨!
백작더러 잠든 아가씨 모습을 보라고 해야겠네.
그래야만 깜짝 놀라시겠소?
아니 일어나 옷을 입고 나서 그대로 다시 잠들었단 말이오?

정말 깨워야겠군. 아가씨, 아가씨, 아가씨!
아이고, 아이고, 거기 누구 없소! 아가씨가 죽었소!
아이고, 내 팔자야!
거기 누구, 술을 가져다주시오! 주인님, 마님!

(카풀렛 부인 등장)

카풀렛 부인 이게 웬 소란인고?

유모 아, 이게 웬 날벼락입니까!

카풀렛 부인 도대체 무슨 일이요?

유모 보세요, 봐요! 기막힌 일입니다!

카풀렛 부인 아이고, 아이고, 내 하나밖에 없는 아이가!
숨을 쉬고 나를 봐라. 아니면 나도 같이 죽겠다.
사람 살려, 사람 살려, 살려주시오!

(카풀렛 등장)

카풀렛 애를 데려오지 않고 뭘 꾸물거리고 있소. 백작이 오셨소.

유모 아가씨가 죽었어요, 죽었다고요, 아이고!

카풀렛 부인 아이고, 딸이 죽었소, 죽었다고요.

카풀렛 어디 봅시다. 아니 정말 몸이 싸늘하군.
혈관이 뛰지 않고 사지가 뻣뻣하군.
입술에서 생기가 사라진지 오래고,
들판의 가장 향기로운 꽃 위에 내린
때 이른 서리처럼 죽음의 기운이
온 몸에 가득하구나.

유모 이 무슨 날벼락이냐!

카풀렛 부인 아이고 내 팔자야!

카풀렛 하도 가슴이 미어져서 울음도 나오질 않고
혀는 입천장에 달라붙었고 말도 나오질 않는군.

(로렌스 신부와 패리스 백작 등장)

로렌스 신부 자, 신부가 예배당으로 갈 준비가 되었습니까?

카풀렛 갈 준비만 되었지 돌아올 준비는 안 되었소.
여보게 사위, 결혼 전날 밤에
죽음이 자네 부인을 앗아갔네. 꽃 같던 딸애가
그놈 손에 꺾여 저기 누워있네.
딸이 그놈과 혼인했으니 이제 죽음이
내 사위가 되었고 내 상속인이 되었네.
내 목숨과 재산과 모든 것이 그놈
몫이 되었단 말일세.

패리스 오늘 아침 오기를 학수고대했더니
그 대가가 이런 꼴이란 말입니까?

카풀렛 부인 빌어먹을, 더럽게 재수 없는 날이구나!
시간의 힘든 여정 중에서
가장 참혹한 순간이여!
무남독녀 불쌍한 아이를
유일한 기쁨이자 위안으로 알고 살았더니
무정한 죽음이란 놈이 눈앞에서 앗아가 버렸구나.
(모두가 손을 꼬아대며 울음을 터트린다.)

유모 아, 끔찍하게 통탄스런 날이구나!

살아생전에 이런 슬픈 날을
보게 될 줄이야!
아이고, 아이고, 아이고!
세상 이런 흉측한 날은 없었지.
아이고, 아이고!

패리스 속이고, 빼앗고, 욕보이고, 악의적으로 대하다가 살해하다니!
이 천인공노할 죽음이여, 너에게 속아
잔인한 네 손에 무참히도 쓰러졌구나.
오 내 사랑, 내 목숨. 아니 목숨이 아니라 죽음 속의 사랑이여!

카풀렛 경멸당하고, 고통 받고, 미움 받고, 순교당해 살해되다니!
슬픔을 가져오는 시간이여, 왜 하필 지금 우리의 엄숙한
혼인식을 살해하려 왔단 말이냐?
아, 아가, 아가, 아니 내 영혼이여!
아이고, 아이가 죽었구나! 네가 죽었으니
내 사는 재미 또한 매장되었구나.

로렌스 신부 제발 가만히 좀 계시오! 이렇게 떠들어 댄다고
수습될 일이 아니오. 하늘이 그대에게 점지해 준
딸이었지만 그 목숨 이제는 오롯이 하늘의 차지니

아가씨께는 더 잘 된 일이지요.
부모가 준 생명은 죽음을 벗어날 수 없지만
하늘은 자기가 준 생명을 영원히 지키지요.
그대는 딸의 출세를 최고로 여겼지만
하늘이 그녀를 높은 곳으로 데려갔소.
딸이 하늘 높이 저 구름 위로 올라간 것을
보면서도 이렇게 울부짖는단 말이오?
이런 식으로 딸을 사랑하는 것은 사랑이 아니라
딸이 하늘에서 행복함을 보고서
미쳐버리는 꼴이지요.
결혼해서 오래 산다고 결혼을 잘 한 것이 아닙니다.
결혼해서 일찍 죽는 여자가 결혼을 가장 잘 한 것입니다.
그러니 눈물을 거두고 이 로즈마리 꽃을
이 아름다운 시신에 꽂고 관습에 따라
제일 좋은 옷을 입혀서 예배당으로 데려오시오.
어리석은 천성 때문에 우리 모두 비통해하지만
잘 생각하면 이건 울 일이 아니라 기뻐해야할 일이라오.

카풀렛 잔치를 위해 마련했던 모든 것들이
검은 장례식 준비로 바뀌는구나.
악기는 조종으로 바뀌고

결혼식 주홍은 슬픈 장례식으로,
결혼축가는 침울한 만가로 바뀌는구나.
신부를 단장해줄 꽃들은 시체를 덮을 꽃이 되니
만사가 반대로 뒤바뀌는군요.

로렌스 신부 그대는 부인과 함께 들어가시오.
백작님도 들어가시지요. 다들
이 시체를 따라 무덤으로 갈 준비를 하시오.
뭔가 여러분의 잘못 때문에 하늘이 노한 것이 니
그 높은 뜻을 거슬러 더한 화를 자초하지 마시오.
(유모만 빼고 모두 줄리엣에게 로스마리 꽃을 뿌리고 커튼을 치며 방을 나간다.)

(악사들 등장)

악사 1 정말이지 나팔을 집어넣고 다들 가세.

유모 여보게들, 알다시피 이건 정말 슬픈 일이니
다들 악기를 거두시오, 거둬요.

악사 1 정말이지 차차 나아지겠지요.

(유모 퇴장. 악사들 막 떠나려한다.)

(피터 등장)

피터 악사님들, 악사님들, 저를 살려주는 셈치고 "마음의 평안"이란 곡을
들려주시오, "마음의 평안"말입니다.

악사 1 어째서 "마음의 평안"이오?

피터 "내 마음에 그윽한 슬픔"이란 곡조가 가슴에 울렁이고 있으니까요.
아, 내 마음을 위로해줄 즐겁고 애처로운 곡조를 들려주시오.

악사들 우린 그럴 기분 아니오! 지금은 연주할 때가 아니오.

피터 안하시겠다는 겁니까?

악사 1 안하오.

피터 그렇다면 내가 힘껏 연주해드리죠.

악사 1 자네가 우리에게 연주해 준다고?

피터 맹세코 돈은 받지 않겠지만, 여러분들을 돌팔이 떠돌이라고 조롱해주겠소.

악사 1 그렇다면 나는 자네를 천출이라 불러주겠네.

피터 그렇다면 댁의 머리통에 천출의 칼을 꽂아드리죠.
허튼소리 집어치우고, 한 곡조 가르쳐 드리죠. "레, 파"하고
박자를 맞춰 두들겨드리면 곡조를 아시겠어요?

악사 1 자네가 우리에게 음계를 가르칠 생각이라면, 우릴 잘 알아보게.

악사 2 제발 자네 그 칼을 거두고 기지를 뽑게나.

피터 그렇담 내 기지의 일격을 받으시오! 내 강철 같은 기지로
그대들을 납작 두들겨주고 내 강철 칼은 집어넣지.
남자답게 답하시오.

쥐어짜는 슬픔이 가슴을 후비고
슬픈 곡조가 가슴을 짓누를 때
그때 은빛 소리의 음악은—

왜 "은빛 소리"지? 어째서 "은빛 소리의 음악"이란 말이지? 싸이몬 캐트링 씨, 당신 생각은 어때요?

악사 1 은이 낭랑한 소리를 내니까.

피터 헛소리! 휴 르벡 씨 생각은 어때요?

악사 2 악사들이 은전을 받고 음악을 연주하니까 "은빛 소리"라 하지.

피터 역시 헛소리! 제임스 사운드포스트 씨 생각은?

악사 3 나는 뭐라고 말할지 모르겠소이다.

피터 아차, 이거 미안합니다. 당신은 가수라 말을 하지 않으니 내가 대신 발해드리지. 악사들이 연주해주고 금화를 받지 못하니까 "은빛 소리의 음악"이라 하는 거요.

그때 은빛 소리의 음악은
재빠른 손길로 치유해주지. (퇴장)

악사 1 이 빌어먹을 녀석 같으니라구!

악사 2 죽일 놈의 개자식! 자, 다들 여기 들어가서 조문객들을 기다렸다 식사를 하세.

(모두 퇴장)

5막 1장

(로미오 등장)

로미오 달콤한 꿈 속 아침을 믿어본다면
뭔가 기쁜 소식이 곧 있을 것 같아.
내 마음의 주인이신 사랑이 왕좌에 가볍게 앉아있고,
온종일 즐거운 생각으로 마음이
붕붕 떠있구나.
꿈속에서 내 여인이 찾아와 죽어있는 나를 보고는—
죽은 사람에게 생각할 말미를 주는 이상한 꿈이군—
내 입술에 생명의 입김을 불어넣어
내가 다시 살아나서 황제가 되었지.
아, 사랑의 꿈이 이렇게 기쁜데
진짜 사랑은 얼마나 달콤할까.

(장화를 신은 로미오의 하인 발타자 등장)

베로나에서 소식이 왔구나! 그래 발타자야,
신부님 편지 가져온 것 없느냐?
내 여인은 어찌 지내느냐? 아버님은 잘 계시고?
다시 묻는데 줄리엣은 어떻게 지내고 있느냐?
그녀만 잘 있다면 만사가 문제없는 셈이지.

발타자 그렇다면 아씨는 잘 있고 아무 문제도 없습니다.
아가씨 시체는 카풀렛 집안 납골당에 잠들어 있고
영혼은 천사들과 함께 있습니다.
제 눈으로 아가씨가 납골당에 안치되는 것을 보았고
도련님께 이를 알려드리려고 곧장 이리로 말을 달렸습니다.
전갈을 제 임무로 주셨으니
이런 나쁜 소식을 가져온데 대해서 용서해 주십시오.

로미오 이 무슨 날벼락인가? 그렇다면 뭇 별들이여,
난 운명을 거부하겠다.
내 거처를 알고 있으니 그곳으로 내게 종이와 잉크를 가져오너라.
그리고선 서둘러 말을 몰아 돌아가라. 나도 오늘밤 이곳을 떠

나겠다.

발타자 도련님, 고정하십시오.
안색이 창백하고 거칠어
뭔가 불길해 보입니다.

로미오 허튼소리, 잘못 보았다.
자 어서 가서 시킨 대로 해라.
신부님이 내게 보낸 편지는 없느냐?

발타자 없습니다.

로미오 됐다. 이 말들을 빌려서 가거라.
나도 곧장 뒤따라가겠다.

(발타자 퇴장)

줄리엣이여, 오늘밤 그대와 나란히 눕겠소.
방법을 찾아보자. 아, 재앙이여,
너는 절망에 찬 사람들의 생각 속으로
참 빠르게도 들어오는구나.
이곳 어딘가에 헤어진 옷을 입고

이마가 툭 튀어나온 약제사가 살고 있지.
최근에 그가 약초를 채집하는 것을 본 기억이 있구나.
표정은 초라하고
찌든 가난이 뼛속까지 스며서
그의 볼품없는 가게엔 자라와 박제된
악어와 다른 볼품없는 생선 껍데기들이 걸려있었지.
선반에는 겨우 몇 개의 빈 상자와
푸른색 흙 단지와 부레와 곰팡이 핀 씨앗들과
쓰다 남은 노끈과 오랜 된 덩이 진 장미 잎들이
보란 듯이 흩어져 있었지.
그 빈궁함을 보고서 내가 혼잣말로 말했었지.
"즉각적인 사형으로 만투아에선 그 판매를 금하고 있는
독약을 필요로 하는 사람이 지금 당장 있다면
이 비참한 사람이 그걸 팔겠군."
아, 바로 이 생각이 요긴한 지금 때맞춰 났으니
이 가난한 사람이 독약을 나한테 팔면 되겠어.
내 기억으론 이 집이 틀림없어.
휴일이라 가게가 닫혀있군.
여보시오, 약제사!

(약제사 등장)

약제사 누가 그렇게 큰소리요?

로미오 여보게, 이리 오게. 가난뱅이 영감,
여기 금화 사십 냥이 있네. 온 혈관에 곧장 돌아
인생에 지친 자살자를 곧장 죽어 넘어지게 하고
대포 구멍에서 빠져나온 불붙은 화약마냥
빠르고 강하게 몸뚱이에서 숨결을
앗아가 버릴 그렇게 약효가 직방인 놈으로
독약 한 방울만 주게나.

약제사 그런 독약이 있소만 만투아의 국법에
이걸 파는 자는 사형이오.

로미오 이렇게 헐벗고 비참한 판에
죽음이 무섭단 말이오? 뺨에는 굶은 기색이 가득하고
눈에는 궁핍과 고난이 완연하고
등짝에는 경멸과 비럭질이 매달려 있고
이 세상도 세상의 법도 그대 편이 아니니
세상 법 따르다간 부자 되긴 틀렸소.
그러니 법을 어겨 이걸 받고 부자 되시오.

약제사 목구멍이 포도청이니 그렇게 합시다.

로미오 나도 그대 뜻이 아니라 그대 가난을 사는 것이오.

약제사 이것을 원하는 물에다 타서
쭉 들이키시오. 황우장사라도
곧장 가게 될 것이오.

로미오 여기 금화가 있소이다. 이것들이 독약보다 더
인간의 영혼을 해치고, 당신이 불법으로 판
이 하찮은 약보다 더 끔찍한 살인을 세상에서 저지른다오.
그러니 독약을 판 것은 그대가 아니라 바로 나요.
잘 있으시오. 먹을 것을 사서 살 좀 붙이시오.

(약제사 퇴장)

자, 독약이 아니라 강심제여, 나와 같이 줄리엣의
무덤으로 가자. 거기서 너를 마셔야겠으니.

(퇴장)

5막 2장

(존 신부 등장)

존 신부 신부님 계십니까?

(로렌스 신부 등장)

로렌스 신부 이건 존 신부의 목소리군.
만투아에서 잘 왔네. 로미오는 뭐라고 하던가?
아니 편지가 있거들랑 이리 주게.

존 신부 나와 함께 일할 우리 교단 사람으로, 이곳 우리 도시에서
병자들을 심방하고 있는 맨발의 형제를 찾아 나섰던
우리 지방의 검시관들이 결국 그를 찾아냈죠.
그런데 그자들이

우리 두 사람이 역병이 돌았던 집에 있었다는
의심을 하고서 문들을 모두 잠그고
우리들을 내보려 하지 않는 바람에
내가 만투아로 가는 길이 그만 막혀버렸소.

로렌스 신부 그러면 로미오에게 보낸 내 편지를 누가 가져갔소?

존 신부 보낼 수가 없었소. 여기 그대로 있소—
검시관들이 너무나 전염을 겁내서
편지를 신부님께 가져다 줄 전령도 구할 수가 없었소.

로렌스 신부 이 무슨 불운인가! 정말이지
그 편지는 그냥 안부편지가 아니라 너무나
중요한 내용이 가득하오. 그런데 이를 전달하지 못했으니
큰 재앙이 될 것 같소. 존 신부님, 가서 빨리
쇠 지렛대를 하나 구해다가 내 암자로 곧장 가져다주시오.

존 신부 곧장 그렇게 하지요.

(퇴장)

로렌스 신부 이제 혼자서 납골당으로 가야겠구나.

세 시간 이내에 줄리엣이 깨어나겠지.
이 불행한 사건들을 로미오가 전해 듣지
못했으니 그녀가 나를 무척이나 나무라겠지.
곧장 다시 만투아로 편지를 써 보내고 로미오가
올 때까지 그녀를 내 암자에 데리고 있어야겠다.
불쌍한 산송장아, 죽은 사람의 무덤 속에 갇혀있다니!

(퇴장)

5막 3장

(패리스 백작과 그의 시동이 꽃과 성수, 횃불을 들고 등장)

패리스 얘야, 너의 횃불을 내게 다오. 가서 멀찌감치 떨어져 있거라.
아니다. 아무도 나를 보지 못하도록 횃불을 꺼버려라.
저기 있는 주목나무 아래 땅에 귀를 바짝 대고
납작 엎드려 있어라. 무덤을 파느라고 흙이 흩어져있고
땅이 질척거려서 누군가 교회 묘지에 발을 들여놓으면
틀림없이 그 소리가 귀에 들어올 거야.
그러면 즉시 나에게 휘파람을 불어 누군가 접근하고
있다는 신호를 보내라.
그 꽃은 이리주고 가서 시키는 대로 해라.

시동 (방백) 혼자 이 교회 묘지에 서 있는 것이 무섭지만 해보는 수밖에 없군. (물러간다.)

(패리스가 줄리엣의 무덤에 꽃을 뿌린다.)

패리스 향기로운 꽃 같은 여인이여, 그대 신방에 이 꽃을 뿌린다오.
아, 그대 신방 천정은 먼지와 돌로 덮여 있소.
그곳에 내 밤마다 성수를 뿌리리다.
아니면 그대 위한 장례의식을 지켜
신음을 정제한 눈물을 밤마다 그대 묘에
뿌리면서 울겠소.

(시동의 휘파람 소리)

시동이 뭔가 오고 있다는 신호를 보내는군.
어떤 빌어먹을 녀석이 오늘밤 이곳으로 발길을 돌려
내 진실한 사랑의 의식을 방해한단 말인가?
아니, 횃불을 들었어? 밤이여, 잠시만 나를 숨겨다오.

(물러간다.)

(로미오와 발타자 횃불과 망치, 쇠 지렛대를 들고 등장)

로미오 그 망치와 쇠 지렛대를 이리 주게.

자, 이 편지를 가지고 있다가 내일 아침 일찍
영주님과 아버지께 전해주게.
횃불을 이리 주게. 자네 목숨을 걸고 말하는데,
무슨 소리를 듣거나 무얼 보더라도 멀찌감치 서서
내 일에 끼어들지 마라.
내가 이 무덤으로 내려가는 이유는
한편으론 내 여인의 얼굴을 보려는 것이지만
더 큰 이유는 그녀의 사랑스런 손가락에서
반지를 빼내서 더 소중한 일에 쓰려는
것이다. 그러니 너는 멀찌감치 떨어져 있거라.
혹여 호기심에서 내 행동을 엿보려고
발길을 돌린다면 맹세코
네놈의 사지를 갈기갈기 찢어서
이 배고파하는 묘지에다 뿌려놓을 것이야.
잔인한 때이고 내 뜻 또한 그러하니,
배고픈 호랑이나 포효하는 바다보다 훨씬
더 격렬하고 사정없다.

발타자 저는 멀리 떨어져서 간섭하지 않겠습니다.

로미오 그게 좋을 거야. 자 이 돈을 받아라.

(돈을 준다.)

잘 살아라. 그럼 안녕히.

발타자 (방백)
아무리 그래도 주변에 숨어있어야지.
도련님 표정이나 의도가 아무래도 수상해.
(물러간다.)

(로미오가 줄리엣의 무덤을 연다.)

로미오 가장 소중한 내 여인을 집어삼킨
이 끔찍한 죽음의 자궁이자 위장이여,
너의 썩은 아가리를 억지로 벌려
내 너의 가득한 위장을 더 채워주마.

패리스 (떨어져서)
이 자는 내 여인의 사촌을 살해하고
그 슬픔으로 내 사랑을 죽게 만든,
추방당한 그 건방진 몬테규 아닌가.
그런 놈이 돌아와서 이 시체에다가

몹쓸 짓을 하고 있다니. 이놈을 체포해야겠다.

(앞으로 나선다.)

못된 몬테규 놈아, 그 더러운 짓을 멈춰라!
죽인 것도 모자라서 더한 복수를 해야 한단 말이냐?
저주받은 놈, 내 너를 체포하니
순순히 나와 같이 가자. 너는 죽은 목숨이야.

로미오 암, 죽어야지. 그러려고 이곳에 왔으니까.
여보 젊은이, 정신 나간 사람을 건들지 마시오.
나를 가만두고 멀리 달아나시오. 이 시체들을 생각하고
겁에 질려 달아나시오. 젊은이, 부탁인데
나의 분노를 돋우어 내 머릿속에 또 다른
살인을 생각하게 하지 마시오.
빨리 가보시오!
맹세코 그대를 나 자신보다 더 사랑하오,
내 스스로를 해칠 생각으로 이곳에 왔으니까.
머뭇거리지 말고 가서 미친 사람의 자비 덕분에
살아 도망쳤다고 사람들에게 말하시오.

패리스 그대의 청을 거절하고

그대를 중죄인으로 체포하겠소.

로미오 화를 부추길 참이오? 그렇다면 애송아, 내 칼을 받아라!

(서로 싸운다.)

시동 맙소사, 서로 싸우는군, 가서 야경꾼을 불러와야겠어.

(퇴장)

패리스 아이고, 나 죽네. 그대가 자비로운 사람이라면
이 무덤 뚜껑을 열고 나를 줄리엣과 함께 눕혀주시오.

(죽는다.)

로미오 그렇게 해주지. 그래 얼굴 좀 보자.
머큐쇼의 친척, 패리스 백작 아닌가!
내 마음이 현란하여 우리가 말을 타고 올 때
그의 말에 신경을 쓰지 않으며 말을 달릴 때
내 시동이 나한테 뭐라고 말했더라?
패리스가 지금쯤은 줄리엣과 결혼했을 거라고

말했던 것 같은데.

그렇게 말하지 않았나? 아니면 내가 꿈을 꾸고 있는 건가?

아니면 그가 줄리엣 얘기를 하는 것을 듣고 내가 미쳐서

그렇게 생각하고 있을까? 아, 슬픈 불운의 공책에 나와

함께 이름이 기록된 불운한 자여, 그대 손을 내게 주오.

그대를 화려한 무덤에 묻어주겠소.

내가 무덤이라고 말했나? 젊은이여, 아니지, 무덤이 아니라

등불이지. 여기 누워있는 줄리엣이 그녀의 아름다움으로

이 납골당을 불빛 가득한 연회장으로 만들고 있으니까.

죽은 목숨이나 마찬가지인 사람 손에 묻힌 죽음이여,

거기 누워 있어라.

죽음의 순간에 사람들은 흔히 유쾌해지지.

이걸 두고 형리들은 죽음 직전의 정신의 회복이라 부르지.

아, 어떻게 이 순간을 정신의 회복이라 부를 수 있단 말인가?

아, 내 사랑, 내 아내여,

달콤한 그대 입김 앗아간 죽음도

그대 아름다움 해칠 수 없구려.

죽음도 그대 이기지 못하니 그대 뺨과 입술에

미의 깃발 여전히 붉게 꽂혀있고

죽음의 창백한 깃발 그곳을 점령하지 못했구려.

티볼트여, 자네 피 묻은 수의를 입고 거기 누워있는가?

자네 청춘을 두 동강 낸 이 손으로
자네의 적인 나 자신을 살해하는 일보다 내가
자네에게 베풀 수 있는 더한 호의가 있을 수 있을까?
티볼트여, 나를 용서하게! 아, 사랑하는 줄리엣,
어쩌자고 그대는 여전히 아름다운가요? 실체 없는
죽음이 사랑스럽고 해골뿐인 그 끔찍한 괴물이
이 어둠 속에서 그대를 자신의 연인으로
잡아두고 있다고 믿어야하나요?
그럴까봐 이 희미한 밤의 궁전을 다시는 떠나지 않고
그대와 함께 항상 머물겠소.
이곳, 바로 여기서 나는 그대의 시녀들인 구더기들과 함께
남아있겠소. 아, 이곳을
내 영원한 안식처로 삼고
세상에 지친 이 육신으로부터 불길한
운명의 족쇄를 벗어버리겠소.
마지막으로 한 번 더 보자.
마지막으로 한 번 더 안아보고, 숨결 내뿜는 입술로
입 맞춰 집어삼키는 죽음과 영원한 거래를 성사시키자.
자, 맛없고 쓰디 쓴 길꾼이여 이리 오너라.
그대 미친 항해사여, 이제 곧바로 그대 배 멀미에 지친
이 작은 육신을 암초에 부딪혀버려라!

내 사랑을 위해 건배. (마신다.)

아, 정직한 약제사여,
약효가 빠르기도 하구나. 이렇게 입맞춤과 함께 나는 가는구나.

(쓰러져 죽는다.)

(로렌스 신부가 등불과 쇠 지렛대와 삽을 들고 등장)

로렌스 신부 성 프란시스의 가호가 있기를! 오늘밤 무덤에 걸려
무던히도 넘어졌구나. 거기 누구요?

(발타자가 앞으로 나온다.)

발타자 신부님을 잘 아는 사람입니다.

로렌스 신부 여보시오, 쓸데없이 구더기와 해골을 비추고 있는
저기 저 횃불은 웬 것인지 아시오?
내가 보기에는 카풀렛 가문의 납골당에서
타고 있는 것 같은데.

발타자 맞습니다, 신부님. 그곳에 신부님이 사랑하시는 제 주인님이

계십니다.

로렌스 신부 누구라고요?

발타자 로미오 주인님이죠.

로렌스 신부 로미오가 여기 온지가 얼마나 되었지?

발타자 족히 반시간은 되었죠.

로렌스 신부 같이 납골당으로 가자.

발타자 못갑니다.
제 주인님은 제가 여기를 떠난 줄로만 알고 있습니다.
더군다나 제가 남아서 무슨 일이 일어나는지 알아볼라치면
저를 죽이겠다고 협박까지 했습니다.

로렌스 신부 그렇다면 나 혼자 가겠다. 뭔가 불안하구나.
아, 뭔가 불길한 일이 일어났을까봐 몹시 불 안하구나.

발타자 제가 여기 주목나무 아래에서 잠들어 있을 때

제 주인님과 다른 사람이 서로 싸우다가
주인님이 상대방을 살해한 것을 꿈결에 본 것 같아요.

(퇴장)

로렌스 신부 로미오!

(신부가 허리를 숙이고 핏자국과 칼들을 바라본다.)

아이고, 아이고, 이 무덤 입구를 막고 있는 이돌에
묻어 있는 이 핏자국들은 무엇이지?
이 어두운 곳에 놓여있는 주인 없이 변색된 피가 엉긴 이 칼들은
다 무엇이지?
로미오! 아, 창백하구나! 아니, 이건 또 누구 야? 아니,
피가 흥건한 패리스 아닌가? 아, 사악한 시간 이여! 끔찍한
일을 저지르고 말았구나. 아가씨가 몸을 뒤척 이는군.

(줄리엣 일어난다.)

줄리엣 아, 신부님, 제 낭군은 어디 있나요?
저는 약속했던 바대로 이곳에
왔습니다. 그런데 나의 로미오는 어디에 있습니까?

로렌스 신부 무슨 소리가 들리는군. 아가씨, 그 악취 나는 죽음과 억지 잠의 둥지에서 나오시죠.

우리로서도 어찌 할 수 없는 더 큰 힘이 우리의 계획을 뒤틀어 버렸소. 자, 어서 갑시다.

그대 남편은 패리스와 같이 거기 그대 품안에 죽어 누워 있소.

자 갑시다. 그대를 수녀원의 수녀들과 함께 있도록 해주겠소.

이유를 물을 시간이 없어요, 파수꾼이 오고 있으니.

자, 줄리엣, 빨리 갑시다. 지체할 시간이 없어요.

줄리엣 신부님 혼자 가세요. 저는 여기 남겠어요.

(신부 퇴장)

이게 뭐지? 낭군님 손에 꽉 쥔 이 컵은 뭐지?

이제 보니 내 님의 때 이른 죽음을 가져온

독약이구나.

아 깍쟁이 양반, 다 마시고 내가 마실 것은 한 방울도

남겨놓지 않았단 말이오? 그대 입술에 독약이 남아있을지

모르니 그대 입술을 빨아

그 기운으로 죽어야겠다.

(입 맞춘다.)

그대 입술은 아직 따뜻하군요!

(패리스의 시동과 야경꾼 등장)

야경꾼 대장 얘야, 앞서 가거라. 어느 쪽이냐?

줄리엣 그래, 소리가 들리는 구나. 서둘러야겠다. 아, 행복한 단검이여!

(로미오의 단검을 집어 든다.)

이 몸이 그대 칼집이니 거기서 녹슬어 잠들어라.

(줄리엣 자신을 찌르고 쓰러져 죽는다.)

시동 횃불이 타올랐던 곳이 바로 여깁니다.

야경꾼 대장 땅이 피범벅이구나. 너희들 몇 명은 묘지 주변을 살펴라. 누구든지 보면 체포하라.

(야경꾼들 몇 명 퇴장)

끔찍한 광경이구나! 백작이 살해되어 여기 누워있고,

이미 이곳에 이틀 전에 묻힌

줄리엣은 피를 흘리면서 이제 막 죽어 아직 체온이 있구나.

가서 영주와 카풀렛 집안사람들에게 알리고

몬태규 가문 사람들을 깨워라. 몇몇은 계속 찾아보고.

(몇 명의 다른 야경꾼들 퇴장)

이들이 죽어있는 이유는 알겠지만

정확한 사실을 알아보기 전에는

진짜 이유를 알 수 없겠어.

(로미오의 하인 발타자와 함께 야경꾼 한 명 등장)

야경꾼 2 로미오의 하인을 데려 왔습니다. 교회 묘지에서 찾았습니다.

야경꾼 대장 영주께서 이곳으로 오실 때까지 잘 붙잡아두어라.

(로렌스 신부와 다른 야경꾼 등장)

야경꾼 3 사지를 떨며 한숨 짓고 울부짖는 신부를 붙잡았습니다.

이곳 교회묘지 쪽에서 오는 그에게서 이 망치와 삽을

빼앗았습니다.

야경꾼 대장 매우 의심스런 자구나! 신부도 잘 붙들어두라.

(영주와 시종들 등장)

영주 아침 일찍 무슨 난리가 나서
짐의 아침잠을 괴롭히는고?

(카풀렛과 그의 부인 등장)

카풀렛 도대체 무슨 일인데 비명소리가 이렇게 크단 말이오?

카풀렛 부인 사람들이 거리에서 "로미오" 이름을 부르고
어떤 사람들은 "줄리엣," 또 어떤 사람들은 "패리스"
라고 외치며 한결같이 소리 지르며 우리 납골당을 향해서
달려가고 있소.

영주 자네들 귓전을 때리는 이 비명은 다 무엇인가?

야경꾼 대장 영주님, 여기 패리스 백작이 살해되어 누워있고
로미오 또한 죽어있고, 전에 장사 지냈던
줄리엣이 이제 갓 죽어 누워있습니다.

영주 이 흉악한 살인이 어떻게 일어났는지 그 이유를 샅샅이 찾아 알아내라.

야경꾼 대장 신부와 살해된 로미오의 하인을 여기 붙잡아 두었습니다.
이들은 둘 다 무덤뚜껑을 열 수 있는
연장들을 갖고 있었습니다.

카풀렛 맙소사! 부인, 우리 딸이 피 흘리며 누워있는 저 모습을 보시오!
몬테규의 등에 꽂혀있어야 할 이 단검이
제 집을 잘못 알고서
우리 딸의 가슴에 꽂혀 있소.

카풀렛 부인 아, 이 죽음의 광경은 이 늙은 몸더러 무덤으로
가라고 알리는 제종과 같구려.

(몬테규와 시종들 등장)

영주 몬테규, 어서 오시게. 자네의 아들이자 상속자가 일찍 죽은
모습을 보려고 일찍도 일어나셨군.

몬테규 아이고, 폐하, 마누라가 지난밤에 죽었습니다.
추방당한 아들에 대한 슬픔 때문에 숨길이 막혀버렸지요.
이 노년에 무슨 더한 슬픔이 있겠습니까?

영주 그렇다면 직접 눈으로 보시오.

몬테규 아 불한당 같은 놈! 애비 먼저 서둘러 무덤으로 가다니
이게 무슨 짓이란 말이냐?

영주 짐이 상황을 분명히 하고
사건의 전말과 원인과 과정을 파악하게 될 때까지는
잠시 동안 분을 삼키라.
그때 가서 짐이 이 불행한 사건을 정리하고
그대들 일부는 심지어 사형에 처할 것이다. 그때까지는
아무 소리하지 말고 슬픔을 담대하게 견디게나.
용의자들을 데려오너라.

로렌스 신부 제가 이 끔찍한 살인사건의
속수무책의 주범입니다.
때와 장소가 제게 불리하니 의심받아 마땅합니다.
제 스스로를 벌하고 또 죄를 벗기 위해,

제 자신을 기소하고 동시에 변호하기 위해
이곳에 나왔습니다.

영주 그렇다면 이 일에 관해서 알고 있는 바를 모두 말하라.

로렌스 신부 긴 이야기를 다 말하기는 숨이 가쁘니
짧게 말하겠습니다.
저기 죽어있는 로미오는 저 줄리엣의 남편이고
저기 죽어있는 줄리엣은 로미오의 충직한 아내입니다.
제가 그들을 결혼시켰는데, 그들의 은밀한 결혼식 날
티볼트가 죽었습니다. 그의 때 아닌 죽음으로
새신랑이 이 도시에서 추방을 당했습니다.
티볼트가 아니라 그 때문에 줄리엣이 한숨지었습니다.
카풀렛 경은 딸의 슬픈 고통을 없애주려고
그녀를 패리스 백작과 약혼시켰고 억지로 결혼식을
치를 뻔 했습니다. 그러자 줄리엣이 저한테 와서
황망한 표정을 지으며 이 재혼을 피할 방법을
찾아달라고 했습니다.
안 그러면 제 암자에서 자살하겠다고 했죠.
그래서 제가 자세히 이른 다음 그녀에게
잠자는 약을 주었습니다. 이게 뜻한 대로

효과를 발휘해 그녀 모습이 흡사
죽은 사람처럼 되었죠. 그러는 동안 저는
로미오에게 편지를 써서 가짜 무덤에서
그녀를 건져내기 위해서 이 끔찍한 밤에
이곳으로 오라고 했습니다. 그 동안에 약효가
그치게 되어 있었죠.
그러나 내 편지를 가져간 존 신부가 사고로
붙잡혀 있다가 어제 저녁에야 그 편지를
도로 저에게 돌려주었습니다. 그러자
미리 약속된 그녀가 깨어날 시각에
저 혼자서 줄리엣을 조상 납골당에서
빼내려고 그곳으로 갔습니다.
적당한 때에 로미오에게 전갈을 보낼 수 있을 때까지
그녀를 제 암자에 숨겨둘 작정이었죠.
그러나 그녀가 깨어나기 몇 분 전 제가 왔을 때는
이곳에 훌륭한 패리스와 진실한 로미오가
때아니게 죽어 누워있었습니다.
줄리엣이 깨어나자 저는 나가자고 조르고
이 운명의 장난을 참아내자고 말했죠.
그때에 바깥 소리가 들려 저는 무덤에서 도망쳤고
제 정신이 아닌 그녀는 저와 같이 나가려하지않고

보아하니 제 스스로에게 몹쓸 짓을 한 것 같습니다.
이것이 제가 아는 바이며 유모가 그 결혼식의
증인입니다. 저의 잘못으로 이중 뭔가 잘못되었다면
엄격한 법의 심판대로 이 늙은 목숨을 그 명이 다하기
전에 기꺼이 바치겠습니다.

영주 짐은 그대를 항상 성스런 사람으로 알아왔소.
로미오의 하인은 어디 있느냐? 이 일에 대해 그자는 뭐라 하는고?

발타자 저는 주인님께 줄리엣이 죽었다는 소식을 가져다드렸습니다.
그러자 주인님은 만투아에서 급히 말을 몰아
바로 이곳, 이 납골당으로 왔습니다.
이 편지를 아침 일찍 자기 부친께 드리라고 명하셨고 이 납골당 안으로 들어가시면서 제가 떠나지 않고 그곳에 머물러 있으면 죽이겠다고 위협을 했습니다.

영주 그 편지를 보게끔 이리 달라.
야경꾼을 부른 백작의 시동은 어디에 있느냐?
여봐라, 너의 주인은 이곳에 무슨 볼일이 있었느냐?

시동 백작님은 아가씨 무덤에 뿌릴 꽃을 가지고 와서
저더러 멀리 떨어져 있으라고 하셔서 분부대로 했습니다.
곧 있어 횃불을 든 누군가가 무덤을 열려고 왔습니다.
그러자 곧장 제 주인님이 그 자에게 칼을 뽑았고
저는 야경꾼을 부르기 위해 도망쳤습니다.

영주 그들의 사랑의 과정, 그녀가 죽었다는 소식 등이 편지내용과
신부의 말이 일치하는군.
이 편지에서 로미오는 한 가난한 약제사에게서
자신이 독약을 산 후 그걸 가지고
줄리엣과 같이 나란히 죽으려고 이곳 납골당으로
왔다고 쓰고 있군.
이들 원수들은 어디 있나? 카풀렛, 몬테규,
자네들의 증오 때문에 무슨 재앙이 일었는지 보게나.
자네들의 행복이 자식들의 사랑으로 천벌 받지 않았는가?
자네들의 불화를 눈 감은 나도 역시
두 사람의 친척을 잃었네. 다들 벌을 받은 셈이지.

카풀렛 아 몬테규 형제여, 악수합시다.
이것이 내 딸이 받을 유일한 지참금이오.
내 더는 요구할 것 없으니.

몬테규 그러나 내가 더 드리리다.

그녀의 황금동상을 내가 세우겠소.

이 베로나 시가 존재하는 한

열녀 줄리엣만큼 높이 칭송받는

인물은 또 없을 것이오.

카풀렛 우리 원수 가문의 불쌍한 희생양들이니

나도 로미오의 황금동상을 줄리엣 동상 옆에 세워주겠소.

영주 슬픔 때문에 태양도 머리를 보이려 하지 않으니

오늘 아침과 더불어 어두운 평화가 찾아왔구나.

다들 가서 이 슬픈 사건들을 더 얘기합시다.

내 일부는 사면을 하고 일부는 벌을 내리겠소.

줄리엣과 로미오의 이야기보다 더 슬픈

이야기는 지금껏 없었소.

(다들 퇴장)

셰익스피어 전집 010
로미오와 줄리엣

초판 인쇄 2018년 8월 22일
초판 발행 2018년 8월 29일

지은이 윌리엄 셰익스피어(William Shakespeare)
옮긴이 박우수
발행인 김인철
총괄 · 기획 가정준 Director, University Knowledge Press
편집장 신선호 Executive Knowledge Contents Creator
도서편집 박현정 Contents Creator
전자책편집 이리나 e-Contents Creator
재무관리 문수진 Managing Creator
사전 · 출판 정준희 Contents Creator
마케팅 파트장 백승이 Chief Marketing Creator
마케팅 이현진 Marketing Creator
발행처 한국외국어대학교 지식출판콘텐츠원
02450 서울특별시 동대문구 이문로 107
전화 02)2173-2493~7
팩스 02)2173-3363
홈페이지 http://press.hufs.ac.kr
전자우편 press@hufs.ac.kr
출판등록 제6-6호(1969. 4. 30)
디자인 · 편집 (주)이환디앤비 02)2254-4301
인쇄 · 제본 네오프린텍 02)718-3111

ISBN 979-11-5901-380-5 04840 정가 10,000원
ISBN 979-11-5901-255-6 (세트)

*잘못된 책은 교환하여 드립니다.

HUINE은 한국외국어대학교 지식출판콘텐츠원의 어학도서, 사회과학도서, 지역학 도서 Sub Brand이다. 한국외대의 영문명인 HUFS, 현명한 국제전문가 양성(International +Intelligent)의 의미를 담고 있으며, 휴인(携引)의 뜻인 '이끌다, 끌고 나가다'라는 의미처럼 출판계를 이끄는 리더로서, 혁신의 이미지를 담고 있다.